紅樓夢小人物Ⅳ

微塵眾

蔣勳

夢紅樓系列

我喜歡《金剛經》說的「微塵眾」，

多到像塵沙微粒一樣的眾生，

在六道中流轉。

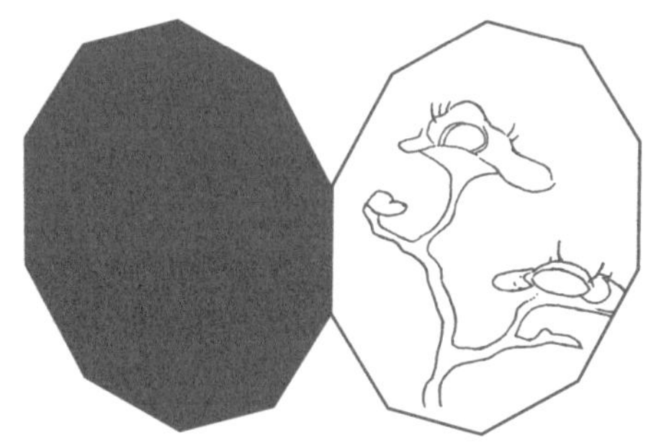

目次

自序——

紅樓夢的四個醫生

因為有醫生從政，醫生這個行業的性格，今年被討論得很多，使我想起《紅樓夢》裡的幾個醫生。

醫生從政，應該不是什麼大不了的事，近代孫逸仙就是醫生從政的典型。個人有病，民族、社會也有病，都需要醫治。從對個體生命的關心、治療，擴大到對整體民族社會改革的關心、治療，孫逸仙如此，台灣民主運動前輩蔣渭水也如此，都是醫生從政動人的典範。

文學家魯迅，原來也在日本仙台學醫，他在紀念老師藤野先生的文字裡寫過，讓他從學醫走向文學，似乎是因為偶然看了戰爭紀錄片。看著同胞被屠殺，一群人面無表情，魯迅或許思考：救了這樣人民的身體，卻救不了一個民族的靈魂精神，學習醫藥，所為何來？

魯迅精采的小說《藥》，書寫清末民間流行用饅頭蘸剛斬下人頭的熱血來治療肺癆。一名烈士（秋瑾）的血，就如此做了藥，卻治不好民族沉痾。年輕時讀《藥》，總是熱淚盈眶，胸肺都熱起來。魯迅的文字的確對症下「藥」，在社會的改革上有明顯的療效。

前些年，台灣從政的人絕大比例是學法律出身。學法律有學法律的職業特性吧，這些特性也明顯主導著島嶼的政治生態，好辯、堅持己見、立場分明、維護自己、極力攻擊對方。這些職業特性，這幾年，也被許多人討論過。訴訟的過程，律師的職責必須扮演這樣的角色，衛護己方，攻擊他人，沒有真正是非真理。社會發生事件，一味爭辯，全是口舌，最終不能對問題作徹底解決。平靜、理性，全面觀察的能力，在島嶼逐漸喪失了。平衡、包容，為對方著想的體諒也喪失了。律師多年執政，逐漸喪失了島嶼原有處事的通達圓融，社會也失去了寬厚平和。

有激憤的朋友對律師執政的現象不滿，酒後說了激烈的話，他說：應該立法，禁止法律出身（特別是某大學法律系）的人再參選總統。

這當然只是笑話，也不可能被多數人接受。但不知是不是這樣的反省越來越多，島嶼就慢慢放棄選舉法律出身的人，開始有較多醫生從政的新現象。

當然，一概而論一種職業，並不客觀，也容易陷入偏見。醫生從政開始不久，許多人也在觀察，在醫院救人命的醫生，一旦做政治改革，會出現哪些特性。

《紅樓夢》裡有幾個讓我有印象的醫生，出場時間很短，卻也讓人印象深刻。

王濟仁

賈府是世襲公爵，重要的人物像賈母生病，都由御醫院的太醫來診治。第四十二回賈母帶劉姥姥逛大觀園，受了風寒，就找了太醫院的御醫王濟仁來診治。進了榮國府，王太醫很謹慎，由賈珍、賈璉領路，戰戰兢兢，連中央甬道都不敢走，「只走旁階」。

寶玉迎接，進了賈母房中，賈母坐在榻上，旁邊四個小丫頭、六個老嬤嬤陪侍。王太醫頭也不敢抬，上前請安。賈母看他穿六品官服，知道是御醫，就招呼：「供奉好。」又問賈珍：「這位供奉貴姓？」賈珍回答：「姓王。」賈母笑著說：「當日太醫院正堂有個王君效，好脈息。」王太醫回答：「那是晚生家叔祖。」賈母聽了笑道：「原來這樣，也算是世交了。」

幾句問答，簡潔漂亮。讓讀者知道王君效、王濟仁已經三代是太醫院御醫，也知道賈府三代都由御醫診病，賈母才說是「世交」。

這樣的開場彷彿讓賈母放心，知道來為她診病的是家學淵源、有經驗可以信賴的醫生。

寒暄過後，下面才是診病。賈母「慢慢的伸手放在小枕頭上」，老嬤嬤端了一張小凳子，讓王太醫坐。王太醫很恭敬，「屈一膝坐下」，「歪著頭診了半日，又診了那隻手」，診完脈息，這王太醫就「忙欠身低頭退出」。賈母笑說：「勞動了。珍兒讓出去，好生看茶。」

六品太醫如此有分寸，對貴族老夫人不敢有一點打擾，診完脈就退到書房向賈珍報告病情。

我喜歡這位王太醫的病情報告，他說：「太夫人並無別症，偶感一點風寒，究竟不用吃藥，不過略清淡些，常暖著一點兒，就好了。」

他沒有誇張聳動病情，「略吃清淡」、「保暖一點」，這麼平實。我常遇到的好醫生也多如此，不嚇唬病人，平和安靜。治病，藥彷彿是其次的，其實重點在調養生活。

王太醫最後開了藥方，但我最喜歡他說的：「寫個方子在這裡，若老人家愛吃，便按方煎一劑吃；若懶怠吃，也就罷了。」

這藥，愛吃就吃一劑，不愛吃，也就罷了。

我遇過這樣的醫生，病人焦慮急躁，他總是耐心平靜，微笑以待。藥的確不是最重要的，醫生的平靜溫和，比他開的藥更讓人安心。

這王濟仁是世代家傳皇室太醫院的名醫，醫術、教養、品格都讓人如沐春風。

張友士

第二個醫生張友士，是在《微塵眾》第一集就介紹過的。

張友士不是太醫院的醫生，沒有官位，從外地進京，為兒子捐官，但似乎很快在達官顯要之間口耳相傳，有了名聲。

第十回，賈蓉的太太秦可卿生病，病得嚴重。賈蓉媽媽尤氏抱怨「一群醫生」都沒用，每天三、四個來把脈，病人還要起床換三、四次衣服，病被折騰得更重了。

賈蓉的爸爸賈珍是世襲做官的，認識許多權貴，神武將軍的兒子馮紫英就引薦了一位他認識的名醫——張友士，來給秦可卿看病。

賈珍是大官，他拿名帖去請張友士，已經是傍晚。張友士請送名帖的人回稟賈珍，說「今日拜了一天的客，才回到家」，「此時精神疲頓不能支持」，「就是去到府上，也不能看脈」，「須得調息一夜，明日務必到府」。

「名醫」很辛苦，張友士進京不久，又要給孩子捐官，達官顯要都不能敷衍。名聲一傳開，有多少權貴家要爭相延攬看病，張友士必須拿捏分寸。再好的名醫，也不是神仙，「精神疲頓」，「不能看脈」，這是張友士專業的堅持。

我認識一些名醫，很辛苦，吃飯宴客休閒都不得「休息」，不斷有人問病。我就想起張友士「此時精神疲頓，不能支持」。我有時真的抱恙，攪擾到名醫，我也常抱歉愧疚。名醫關心我，要為我看診，我有時也推拒說：我還好，把時間留給別人吧。我也跟一位好醫生開過玩笑說：我在練「觀想」，有一點小不舒服，我會靜坐觀想名醫的微笑，竟然也有時生效。我問名醫：這是不掛號看診，會不會不道德？他不作答，還是微笑以待。

張友士厲害，隔天他見到秦可卿，家人要先報告病情，他說不用，還是先看脈

——「竟先看脈，再請教病源為是」。看完脈，張友士把病情說得一清二楚。他說的不只是秦可卿生理上的病，也談到病人的心理性格。生理的病容易醫治，心理性格的糾結卻不容易解開。張友士的醫學其實涉及到整體生命哲學，《微塵眾》第一集講張友士，引述不少他看脈「寸、關、尺」五行相生相剋的醫理，也許是今日純粹現代西方醫學可以參酌的古老東方全面看待人體的智慧吧。

胡君榮

《紅樓夢》的第三個醫生叫胡君榮，和前面提到的兩位醫生都很不同。

王濟仁是太醫院御醫，世代服務於皇室，身分、教養、醫術都平和寬大，沒有聳動驚嚇人的理論。談論病情，平實到就像談論生活，沒有一點誇張。醫術裡有教養，不溫不火，不疾不徐，讓人見識到太醫院世代家學的深厚品格傳承，毫無炫耀，這才是真正的名醫吧。

張友士其實有點像「神醫」，醫術高明，也明顯表現出醫術高明的自負堅持。他很容易讓接觸到的人心服口服，但跟王濟仁放在一起，慢慢會佩服起王濟仁毫不誇張的分寸。王濟仁或許只是做好醫生的本分，謙遜平和，一句多餘的話都不說。《微塵眾》第一集引述張友士的話很多，也佩服他對醫理五行的學問如此博大精深。但是，王濟仁是隻字不提醫學理論的，他給賈母老太太看病，就說「吃略清淡些」、「穿暖一點」，沒有一點「名醫」的賣弄喧譁，如此平常心，是太醫院御醫真正的高明處吧。

比起前兩位名醫，第三位醫生就有點搞笑了，這位醫生的名字叫胡君榮。胡君榮出現是在第六十九回，尤二姐懷孕，又被秋桐辱罵，氣憋在心裡，生了病，就請了太醫院的胡君榮來診治。

這胡君榮是太醫，醫術應該不差，但他似乎年輕，情慾高漲，品格就有些不端正。隔著簾子探脈，胡君榮覺得簾子裡的女人一定美呆了，想入非非，就假藉探病，要觀氣色，要求尤二姐「露一露金面」。丫頭奉命掀起簾子，胡君榮一見尤二姐，神魂搖盪。這一段原文精采——「帳子掀起一縫，尤二姐露出臉來。胡君榮一見，早已魂飛天外，哪裡還能辨氣色？」

醫術高明，卻控制不住七情六慾，胡君榮的「魂飛天外」，完全失去了治病能力，胡亂開了藥方，致使尤二姐流產，病情更重。

歷來討論這名叫胡君榮的醫生，都連帶會談到第五十一回給晴雯看病的「胡庸醫」。兩人雖都與「胡」字有關，不完全能確定六十九回的「胡君榮」一定就是五十一回的「胡庸醫」。但是兩個「胡」醫生行徑品格太相似，多數讀者很容易就把兩人連成一人。

六十九回胡君榮好女色，五十一回胡庸醫不遑多讓。晴雯生病，寶玉偷偷請了醫生來，「老嬷嬷帶了一個太醫進來，這裡的丫頭都迴避了」。小子們說：「今兒請了一位新太醫來了。」

「新太醫」或許是醫學院剛畢業的年輕實習醫生嗎？他走進晴雯的暖閣，已經魂不守舍。

晴雯睡在暖閣裡，大紅繡幔深垂，「晴雯從幔中單伸出手來，那太醫見這隻手上有兩根指甲，足有二、三寸長，尚有金鳳仙花染的通紅的痕跡」。看到如此撩人的畫面，這年輕醫生緊張了，臉紅心跳，「便回過頭來」，不敢看，「有一個老嬷嬷忙拿了一塊絹子掩上了」。

雖然掩蓋了，這太醫還一直想著染得通紅、二三寸長的指甲吧，診脈也失了神，胡亂開了藥方，開藥方的時候還多嘴問：剛才生病的是個小姐嗎？老嬷嬷也笑了，回答說：是少爺的丫頭。若是小姐，你這麼容易就進去了？

這「胡庸醫」開了藥方，藥方上面有紫蘇、桔梗、防風、荊芥，後面又有枳實、麻黃。寶玉看了，罵道：「該死，該死！他拿著女孩兒們也像我們一樣的治法，如何使得？」枳實、麻黃是重藥，連寶玉都看出來，這種像抗生素的重藥，有副作用，不能亂吃。寶玉下令：「再請一個熟的來罷。」

我在《微塵眾》第二集說過這個胡庸醫，也對他很同情。這胡庸醫，像剛從醫學院畢業的年輕實習醫生，血氣方剛。他不見得醫術不好，但是太年輕，沒有經驗。學來一堆理論，碰到女人，光看到染了蔻丹的長指甲，魂就飛了，把脈時心神不定，開藥方時也用了重藥。我對胡庸醫「同情」，是因為覺得古代女人垂著大紅繡幔，看不到人，單伸出一隻手，手上又留著二、三寸長鳳仙花染得通紅的指甲，這對年輕男醫生簡直是挑逗。胡庸醫把脈不準，藥方亂開，晴雯的指甲應該也要負一半責任。

儒家倫理防衛女子貞節，密不通風，其實剛好造就各式各樣的性幻想。胡庸醫這樣的犧牲者，古代、現代應該也都有。在《微塵眾》第二集中已有討論，不再贅述。

王一貼

《紅樓夢》裡最有趣的一個「醫生」，其實是第八十回出現的王一貼。

嚴格說起來，王一貼能不能算是正規醫生？或許還有商酌。王一貼本業是天齊廟的老道士，信眾到廟裡燒香拜神，大概都有事，或破產，或生病，或感情不遂，心理影響生理，都容易有病，身上這裡痛、那裡痛的。王一貼看準了這一點，就在廟裡發展出副業——賣膏藥。這件事我小時候在廟口看過，燒點神符香灰什麼的，跌打損傷，小兒收驚，男女雜症，好像都能治。

王一貼因此就經營了他蓬勃的副業，他的膏藥多達一百二十多種，據他自己吹噓，任何疑難雜症，一貼就好。他因此贏得了「王一貼」的外號，成為膏藥達人、膏藥一哥。

賈寶玉到天齊廟燒香，正巧就碰到王一貼，對他的「膏藥一哥」稱號有點懷疑，就提出挑戰。寶玉說：你可有醫治女人忌妒的膏藥？

寶玉這句話問得突然，讀者不容易理解，必須先從夏金桂這個女人說起。

夏金桂是《紅樓夢》第七十九回出現的人物。夏家是替皇室做園藝盆景採買的商家，長期接皇室的BOT案子，公部門關係很好，油水多，家財萬貫。書裡說，夏家在京城光是桂花就種了幾十頃地，因此也被稱為「桂花夏家」。

夏家做皇室生意，薛寶釵的薛家也是皇商，因此長期認識。寶釵不學無術的哥哥薛蟠有一天做買賣，路過夏家，見到夏家獨生女兒「金桂」標緻漂亮，就訂了親，結為夫妻。

夏金桂是獨生女，父親早逝，母親當然寵溺到不行，長得漂亮，也讀書、會寫詩。夏金桂剛出場，大家對她印象都很好。連薛蟠的妾香菱都興沖沖跟寶玉說：「詩社」又多了一個可以邀請的人。

年輕、漂亮、會寫詩、有才華，好像《紅樓夢》大觀園裡的傑出少女都如此，林黛玉、薛寶釵、探春、史湘雲，包括香菱，都如此天真爛漫，真誠相待。

但是香菱看走眼了，寶玉也看走眼了。這個剛嫁過來人人讚美的夏金桂，忽然不快樂起來了，她不知為什麼老是忌恨別人。坐在家中無事，她也要找碴。她問香菱，「菱角花怎麼會『香』」？她心裡覺得只有「桂花」可以香，其他人哪裡配「香」。這名字又是薛寶釵取的，她也忌恨人人都稱讚的寶釵，因此就把香菱名字改成「秋菱」。

只准自己「香」，別人都不可以「香」，夏金桂開始充滿忌妒，越來越痛苦了。

夏金桂的故事其實是童話裡大家很熟悉的一個人物，《白雪公主》裡有一個皇后，每天對著鏡子問：魔鏡，魔鏡，誰是世界上最美的人？她得到的回答一直是她自己，她因此滿足得意。但是她不知道，這樣的問話，已經注定了有一天一定會痛苦。當魔鏡的回答是「她人」時，這皇后就抓狂，要忌恨報復了。

夏金桂很美，也聰明，有才華，但是她掉進魔鏡中不能自拔。自己香，別的生命不准「香」，自己有才華，別人不准有才華，自己聰明，別人不准聰明。

夏金桂開始折磨香菱，開始侮辱身邊每一個人，弄到雞飛狗跳。《紅樓夢》的作者寫夏金桂有極鮮活的畫面，充滿忌妒，充滿恨，這女人每天殺雞宰鴨，雞鴨都不吃肉，單挑骨頭，用大火熱油炸得焦黑，蹺個二郎腿，一面高聲罵人，一面就咯吱咯吱啃嚼雞骨、鴨骨，一嘴焦黑。

好恐怖的畫面，一個人可以從青春的華美，一下掉進這樣的忌恨中，使生命失去光彩，變得如此焦黑。

寶玉覺得女人都是美的，親戚裡出了夏金桂，寶玉心痛，走進天齊廟，見到王一貼，心裡還惦記著世界上有一個叫夏金桂的女人，如此在忌妒裡痛苦，如此不能心平氣和，如此鬧到自己不開心，身邊的人一起遭殃。寶玉若有所思，就問了王一貼：你可有醫治女人忌妒的膏藥？

急病亂投醫吧，有人會在無助的時刻求助於香灰神符，寶玉也痛心於人的忌恨如此不可救藥，無奈求助於江湖術士王一貼。

這王一貼寫得極好，他知道寶玉是「知識分子」，沒有用平日唬弄庶民百姓的口吻。他說：膏藥沒有，倒是有一味湯藥，就叫「療妒湯」。

我太喜歡王一貼這藥方了，全文引用，或許可以流傳濟世——「極好的秋梨一個，二錢冰糖，一錢陳皮，水三碗，梨熟為度。」

王一貼說：「每日清晨吃這一個梨，吃來吃去就好了。」

寶玉當然不信，這麼簡單一個方子，梨、冰糖、陳皮、水三碗，就可以治好人間多少禍難之源的「忌妒」？

寶玉說：「只怕未必見效。」

王一貼的回答更妙。王一貼說：「一劑不效，吃十劑；今日不效，明日再吃；今年不效，明年再吃。橫豎這三味藥都是潤肺開胃不傷人的，甜絲絲的，又止咳嗽，又好吃。吃過一百歲，人橫豎是要死的，死了還妒什麼？那時就見效了。」

哈哈，王一貼是「醫生」嗎？是「江湖術士」嗎？是「騙子」嗎？他說話如此直白，其實沒有詐騙。我認真相信治好人的忌妒原來可以這麼簡單。美，與人分享，就不會忌妒，才華與人分享，也不會忌妒。最終，在魔鏡裡只看到自己究竟是不行的。看鏡子，看到自己，也看到別人，「不傷人」、「甜絲絲的」，日子就會好過一點吧。

我很喜歡《紅樓夢》裡這幾個醫生，各人有各人的特質，病人與醫生也各有緣分，會遇到什麼樣的醫生，也都不可強求。

我很幸運，身邊有像王濟仁、張友士這樣的好醫生，有時在廟口遇到如王一貼的小人物，我知道他也是「微塵眾」裡為度化眾生而來，聽他哈哈一笑，也能豁達。

王濟仁、張友士、胡君榮、王一貼，四個「醫生」，他們若是當選執政，相信一定也都會有不同的作為吧。

二〇一五年四月十三日寫於清明穀雨之間

紅樓夢小人物

IV

微塵眾

一

槍手

代替別人寫作業、考試、抄論文，都可以叫做「槍手」。
《紅樓夢》的時代當然也有「槍手」，平日玩在一起，
看著父親要回來了，寶玉功課沒有做，可能挨罰，
身邊的黛玉、寶釵、探春、史湘雲、薛寶琴，都做了「槍手」。

許多人在學生時代都有彼此互借筆記、彼此幫忙做作業，甚至考試時，代替寫考試卷、傳小抄的經驗。

這一類學生間的「作弊」，當然是違法的，也不是什麼名譽的事。但是不知道為什麼，許多人年長以後，回憶學生時代，卻都還記得蠻多類似的經驗。談論起來，大多也不覺得是「作弊」，不關「違法」、「違規」，不關「名譽」、「道德」，津津樂道時，覺得當年瞞過校方，瞞過老師，同學間彼此護衛，在教官虎視眈眈下，沒有被發現，彷彿更有一種難以言喻的開心。

逃過大人監視，同學間聯合起來，私密完成一件事情，那種情誼，才是回憶起來還樂孜孜的原因吧。

《紅樓夢》第七十回也寫到青少年間這種瞞著大人「作弊」的快樂。

寶玉的老爸賈政，因為點了學差，出外巡察學務，很長一段時間不在家。

賈政不在家，最開心的當然就是寶玉。這個十五歲左右的青少年，每天被父親逼著讀他不愛讀的書，四書、五經、考試作官的八股文，他畏懼父親，不敢不讀，因此父親一出外，不在家，他就解放了。

一直到今天，父母長輩多還很難理解自己「不在家」，為何孩子如此「快樂」吧。

許多父母跟孩子關係搞不好，說不出原因，父母也委屈，覺得熱臉靠冷屁股，無論如何體貼呵護，孩子還是一張臭臉。

如果是熟朋友，我大抵只能勸這一對父母出外走一走，放孩子自由幾天。問題能不能解決，關係能不能好轉，我不知道。父母委屈地說：我們沒有限制他自由啊。但我從青年們處聽到的卻常常是：他們在，我就有壓力。

父母委屈，但是要知道：愛，當然就是壓力。不知節制的「愛」，更會是壓力。

寶玉怕父親怕得要死，但賈政一定不會承認他不愛兒子。

這個兒子，才剛滿一歲，抓周那天，抓了女人的釵環脂粉，賈政就火大了，認定這孩子將來「色鬼」無疑，只會在女人堆裡混，不會有什麼出息。

也許因為心裡藏著這個根深蒂固的偏見，賈政對寶玉的教育就特別「嚴厲」。

每天逼著這孩子背考試要考的書，每天要練字，寫大小楷。逼他寫字、背書，只有一個目的，就是做官，因為那也是八股取士必要的工具。

寶玉不是不愛讀書的青少年，他躲在花園樹下，讀父親禁止他看的《會真記》，看到入神，看到忘了時間，看到落花掉了一身。寶玉跟幾個姐妹辦詩社，一個月兩次聚會寫詩，或詠海棠，或寫菊花。他和大觀園中的姐妹們，其實都愛讀書，也懂得上進，都是對自己生命有懷抱的青年。寶玉深惡痛絕的書，其實是虛偽的教育只為考試設計的書，是政治愚民、只為籠絡讀書人的書，他痛恨這些禁錮封閉知識分子思想與心靈的書。

父親外出了，負責代表皇帝到各地去巡察學務，有點像今天教育部的官員到各地做督學，或者評鑑大學，用一個單一迂腐的標準限制禁錮了教育的多元活潑發展。

賈政出差了，寶玉喘了一口氣，過了一段無拘無束快樂的日子。

到了第七十回，賈政有信來，說學差任務完成，六月中以後就要回家了。賈政要回家了，怡紅院裡照顧寶玉無微不至的丫頭襲人先緊張起來，她勸寶玉趕快「收一收心」，「把書理一理，好預備著」。大家都知道，賈政回來，一定要問寶玉的功課。

賈政出外，留下許多功課，每天都要背書，也要寫字。賈政一回來，這些功課都要驗收。

父親規定寶玉背書，《大學》、《中庸》、《論語》，都要連註解一起背誦。《左傳》、《國策》、《公羊》、《穀梁》、漢唐古文，賈政動身前選了「百十篇」，還有「時文八股」，很像今天為考試編的作文範本吧。寶玉「平素深惡此道」，認為完全是為「餌名釣祿」，為了考試作官、追求名利的工具，他當然不喜歡讀。賈政一趟出差，走了三、四年，寶玉就沒有好好做父親規定的功課。

父親要回家了，先忙壞了旁邊的人。襲人問他，每天規定要寫的字呢？才五、六十篇字，如果一天寫一篇，三、四年，總也要有一千篇，寶玉要臨時抱佛腳，也很難一下子趕出這麼多字。

丫頭們空著急，都是不識字的，也幫不上忙，最後就出現了一夥幫忙「作弊」的「槍手」。

「槍手」是現代人用的詞彙，代替別人寫作業、考試、抄論文，都可以叫做「槍手」。《紅樓夢》的時代當然也有「槍手」，平日玩在一起，看著父親要回來了，寶玉功課沒有做，可能挨罰，身邊的黛玉、寶釵、探春、史湘雲、薛寶琴，都做了「槍手」。而且，她們做「槍手」不是偷偷摸摸地做，是明目張膽告訴賈母、王夫人的。

因為賈政要回來，寶玉心急，沒日沒夜趕功課。老祖母、媽媽王夫人，都怕他趕出病來，心裡焦急。探春、寶釵就笑著回賈母說，「背書」沒辦法替代，「寫字」卻不難，「我們每人每日臨一篇給他……」

賈母聽了很高興，老祖母不覺得「槍手」違法，她只慶幸，愛孫功課有「槍手」

幫忙，老爸回來不會生氣，寶玉也不會因為趕功課趕出病來。

在賈政回家前，這些「槍手」都動員起來，寶玉自己也每天寫「二百、三百不拘」。最賣力的「槍手」還是愛他最深的黛玉，到老爸要回來的最後關頭，寶玉算一算，再有五十篇就夠了，恰好，紫鵑就送來「槍手」黛玉臨寫的「鍾（繇）、王（羲之）蠅頭小楷」，剛好湊足了數。

這「槍手」厲害，連字跡都模仿得跟寶玉相似，老爸嚴厲，但還是被孩子瞞過去了。

二

王善保家的

王善保家的本來就惹人討厭，她平日進出大觀園，
那些丫頭們都不太理睬「趨奉」她，
她嘴裡不敢說，多年積在心裡，也都成了深仇大恨。
別人長的好一點她也恨，別人會說話她也恨，別人像西施，她也要恨。

《紅樓夢》第七十四回抄檢大觀園是一場重要的戲。傻大姐在大觀園山石洞裡發現一個春意繡香囊，不知道是淫穢物件，交到邢夫人手中。邢夫人一向跟妯娌王夫人不合，王夫人出身四大家族的王子騰家，豪門背景，也受賈母寵愛，同樣是賈母兒媳，邢夫人心中自然吃味，久而久之，憋在心裡，就要找嫌隙報復。

邢夫人的兒子賈璉娶的王熙鳳也出身王家，是王夫人的內姪女。照理說，王熙鳳要禮敬婆婆邢夫人，但她卻與自己娘家姑姑王夫人更親，又因為管家，受賈母寵愛，做婆婆的邢夫人就更覺得被兩代王家的人壓在下面。王夫人是妯娌，也就罷了，王熙鳳是兒媳，卻比她風光，邢夫人心裡就積壓著更多恨意。

人的忌妒，積在心裡，發酵、發酸，日久會腐蝕自己，也會腐蝕他人。人的恨，積在心裡久了，成了毒素，遲早也要爆發成禍事，害人也害己。

邢夫人從傻大姐處得到春意繡香囊，多年積壓的忌妒與恨就要藉此發作了。

照理說，邢夫人拿到春意繡香囊，如果平心靜氣，為家族著想，為大局著想，要把這件事情處理好，或者私下問王熙鳳，或者自己調查擺平，都是息事寧人的辦法。但邢夫人心理上的恨，絕不會息事寧人，而是覺得抓到把柄，藉此張揚開來，沾沾自喜，要讓大家都不好過。

大觀園要遭劫難，不是因為出現一個春意繡香囊，而是長久積壓在人心中的忌妒、仇恨，醞釀成了明爭暗鬥的派系勢力。各不相讓，互揭瘡疤，把極小的事也喧騰起來，不把對方鬥倒，勢不甘休。這就是抄檢大觀園的開始，也是賈府走向覆亡的開始。大觀園如此，一個社會也如此，不能平心靜氣，不能息事寧人，災難就會接二連三而來，死亡也會接二連三而來。有人幸災樂禍，最後災難和死亡也就會找到家門口來。

邢夫人把香囊交給王夫人，顯然是要讓王夫人難堪，王夫人必然去責罵王熙鳳，邢夫人就整到了她恨了多年的兒媳婦。

抄檢大觀園是重頭戲，其實是講邢夫人心理的恨的發洩，原來青春無邪的大觀園就要因此染上了是非。

邢夫人不會自己去張揚她的恨，她動用了自己親信的陪房，一個是費婆子，一個就是王善保家的。

這兩個女人都是跟著邢夫人嫁過來的，因為邢夫人失勢，她們當然也威風不起來。壓抑多年，費婆子不時「指雞罵狗」、「指著隔斷的牆」，也可以罵老半天。王善保家的，一旦得到命令抄檢大觀園，她就忍不住，要露出她得意的嘴臉了。

王夫人下令抄檢大觀園，是為了查明「春意繡香囊」是何人私藏。這有點像學生時代，班上發現有黃色小說、春宮圖片，老師、教官會同訓導人員搜查學生寢室。會同的訓導人員態度很不同，有的認為青春男生，十六、七歲，哪有對性不好奇的，因此睜一眼閉一眼，敷衍一番就算了，不當成一件大事去張揚。當然也有些訓導，真把「訓導」當一回事，藉此耀武揚威，彷彿天塌下來一樣，不「訓」不「導」，好像這社會就完了，自己身負重責大任，一定要「匡正」一番，就鬧得雞飛狗跳，人人不得安寧。第七十四回裡，作者就讓一個有趣的婆子王善保家的，扮演了這個讓大家不得安寧的小丑。

王夫人和王熙鳳商量好要抄檢大觀園，採突擊檢查，沒有預警。她招喚了幾家的管家，有周瑞家的、吳興家的、鄭華家的、來旺家的、來喜家的，五家都是陪房丫頭出身，前三個是王夫人的陪房，後兩個是王熙鳳的陪房。因為都是王家的人，王夫人覺得不妥，這件事是邢夫人告發的，王夫人當然知道妯娌之間有過節，邢夫人擺明給王家姑姪兩人難看，有挑釁意味，王夫人不能不顧及邢夫人臉色。剛好看到王善保家的走來，王善保家的是邢夫人的「得力心腹」，就讓她一同參加抄檢工作，這樣做，也是為了安撫邢夫人，讓她服氣的意思吧。

這下子王善保家的逮到了機會，立刻就張揚起來了。王善保家的本來就惹人討厭，她平日進出大觀園，那些丫頭們都不太理睬「趨奉」她，她嘴裡不敢說，多年積在心裡，也都成了深仇大恨。一旦有機會，必要讓心中的恨大大發洩一下。因此，還沒開始抄檢，她已經在王夫人面前告了一狀，那一狀告的正是她多年恨到入骨的晴雯。她說晴雯的話很經典，大抵小人告狀內容都如此，值得細讀。她說：

寶玉屋裡的晴雯，那丫頭仗著她生的模樣兒比別人標緻些，又生了一張巧嘴，天天打扮的像個西施的樣子……

晴雯要遭殃了。王善保家的這幾句話，表面看，並沒有一點實際「罪狀」，但為什麼晴雯因此就被趕出大觀園，被整到受辱而死？

王善保家的告晴雯的「罪狀」是什麼？一、「長得標緻」。晴雯漂亮，但是漂亮有罪嗎？二、「一張巧嘴」，是說晴雯口才好，但是，會說話這也有罪嗎？三、「天天打扮的像個西施的樣子」，愛打扮、愛漂亮，像西施，這又有何罪？

王善保家的口中列出晴雯幾條罪名，都令人費解。她彷彿憎恨漂亮的少女，憎恨會說話的少女，憎恨愛打扮的少女，長得像西施，也是大罪。

王善保家的這一類人物，華人社會不難見到，別人長的好一點她也恨，別人會說話她也恨，別人像西施，她也要恨。

王善保家的最後好像無一不恨，她的人生彷彿就是為發恨而來。她不好看，就不許別人好看；她不快樂，也不許別人快樂。社會裡這樣的人多了，禍莫大焉。

三

晴雯遭讒

王夫人眼睛裡看到的是這麼「美」的晴雯，頭髮的美、
衣衫的美，像西施一樣姿態神情的美，
王夫人不由怒火中燒，「冷笑」罵了一句：「好個美人……」
王夫人充滿對「美」的恐懼，充滿對「美」的憎恨，晴雯死無葬身之地了。

王善保家的這個女人，剛被王夫人看重，選她做抄檢工作，就即刻張揚起來了。她忍不住，積了多年的恨立刻爆發，馬上向王夫人打了晴雯的小報告。

晴雯自負，眼睛裡不屑這些生命瑣碎的人，也不耐煩跟這些人交陪。小人是「愛趨奉」的，要晴雯「趨奉」王善保家的這種人，晴雯做不到。王善保家的有所求的時候，「趨奉」晴雯，跟前跟後，晴雯也不耐煩。

晴雯「心比天高」，但也不要別人巴結她。她又聰明，看得出小人有所求的心機，就更不屑理睬王善保家的。王善保家的「趨奉」無效，碰一鼻子灰，日積月累，自然要恨。

晴雯從來沒招惹過王善保家的，一定想不到這人竟要在王夫人面前說她壞話。王善保家的告晴雯：「長得好」、「一張巧嘴」、「像西施」，看來都不像罪狀，聽在王夫人耳中，卻都是「罪狀」了。

林語堂寫過〈論晴雯的頭髮〉，深受西方法治影響，尊重個人，語堂先生大概不解晴雯會因為「頭髮」送掉性命。

蘇軾一生為小人所苦，頻頻被告狀、陷害，下放、謫居，後來生了一個兒子，取名「蘇遯」，希望這兒子笨一點，別出鋒頭，寫了有名的〈洗兒詩〉：「人皆養子望聰明，我被聰明誤一生。惟願孩兒愚且魯，無災無難到公卿。」

蘇遯無辜，一生下來就背負老爸為小人陷害的驚恐，沒有活過一歲，就夭折了。

晴雯聰明、漂亮、會說話，在華人的社會，她也和蘇軾一樣要遭殃吧。

蘇軾的〈洗兒詩〉好像是晚年的大省悟，許多人會誤以為他從此悔改，韜光養晦，不再露鋒芒，不再招惹小人。但是他或許不知道，這首〈洗兒詩〉又不知得罪了多少人。想想看，那些「無災無難」做到「公卿」的大官，讀到這首詩，會不恨蘇軾嗎？

蘇軾一定覺得冤枉，他不理會小人，不招惹小人。但是，小人總在他身邊繞。即使刻意要「愚」、要「魯」，還是難逃遭讒的災難。

晴雯也一樣，聰明、漂亮，就是不招惹人，在某些人眼中，也是大罪了。

小人惹不得，小人也無從防範。晴雯好端端在屋子裡睡覺，禍從天降，給王善保家的按了一條死罪。

晴雯被逐出大觀園，委屈受辱而死，王善保家的一個巴掌，是拍不響的。《紅樓夢》如果是一本作者的懺悔錄，作者如果是書裡的賈寶玉，那麼「懺悔」的主要對象，我總覺得是寶玉（作者）的父親——賈政，與母親——王夫人。

華人社會習染儒家倫理，「父」「母」的行為，最不能質疑，最不能批判。但是多讀幾次《紅樓夢》，這本小說批判的對象，隱隱約約，竟然都指向「父親」與「母親」。

寶玉的母親，在第三十二回已經冤枉過一個叫金釧的丫頭，金釧被逼，投井死了。《紅樓夢》的作者彷彿一再回憶，自己的母親，到底逼死了幾個丫頭？

現在輪到他最心疼的晴雯了！

王善保家的一提晴雯，王夫人立刻警覺，即刻查問鳳姐「上次」跟賈母進花園看到的一個丫頭。王夫人的形容有趣：「水蛇腰，削肩膀，眉眼又有些像你林妹妹的……」

王夫人對長得漂亮的丫頭有潛意識的恐懼，他的丈夫賈政有兩個丫頭出身的小老婆，她也始終防範著兒子身邊長得好看的丫頭。

「水蛇腰」、「削肩膀」都是那個年代「美人」的標準。看到最後一句「眉眼又有些像你林妹妹的」，心裡暗暗擔心，知道不只晴雯要出事，在王夫人的潛意識裡，林黛玉也不會有好日子過了。

「美」，如此讓一個女人恐懼；「美」，如此讓一個母親時時提心吊膽嗎？王夫人的行為學，今天也還值得研究。

王夫人問鳳姐，鳳姐不敢確定，只說丫頭裡「都沒晴雯生得好」。「生得好看」，平常是讚美，這時卻是晴雯的催命符了。王夫人二話不說，即刻命人把晴雯找來。

晴雯身體不舒服，被拖起來見王夫人，她「釵軃鬢鬆」、「衫垂帶褪」，「有春睡捧心之遺風」。王夫人眼睛裡看到的是這麼「美」的晴雯，頭髮的美、衣衫的美，像西施一樣姿態神情的美，王夫人不由怒火中燒，「冷笑」罵了一句：「好個美人……」

晴雯罪名確立了——「美人」！王夫人，作者的母親，充滿對「美」的恐懼，充滿對「美」的憎恨，晴雯死無葬身之地了。

王夫人喝罵晴雯：「你幹的事，打量我不知道呢！」

晴雯一頭霧水，她幹了什麼事？

讀者清楚，晴雯與寶玉一清如水，跟寶玉有性關係的其實是襲人。襲人看起來平庸老實，也常向王夫人打小報告，在怡紅院做王夫人眼線，王夫人應該跟襲人說：「你幹的事，打量我不知道呢！」她卻被外貌騙了。

這個整天念佛，對孤老貧寡也多憐憫之心的貴婦人，卻無法覺察，自己因為潛意識的恐懼，可以一再逼迫美麗的少女死亡。

《紅樓夢》作者大力寫王夫人的拜佛、慈悲，不斷做好事，恤老憐貧。金釧投井，王夫人也難過傷心，賜給金釧母親銀兩，給金釧姐妹玉釧加薪。

王夫人不是「不善良」的人，但是作者回憶著：一個女人，自己的母親，為何一碰到長得好的丫頭就失了理性？

作者如此委婉，隱隱透露，每一個人是否都有連自己都不知道的「殘酷」、「狠戾」，藏在意識深處，是真正殺人的刀。

在驅逐晴雯同一段，作者寫母親念佛，口中剛唸完「阿彌陀佛」，接下來就攆斥晴雯：「去！站在這裡，我看不上這浪樣兒！」

啊，王夫人讓我深思，微塵眾生，可以「慈悲」如此，也可以「狠戾」如此。

四

抄檢大觀園

《紅樓夢》作者自始至終關心的不是「繡香囊」，
不是大觀園裡的「醜聞」，也不是情節聳動的「突襲檢查」。
他關心人，關心人性在抄檢大觀園時那麼幽微真實的反應，驚恐、逃避、
豁達、痛心、絕望，這麼多表情，在那一夜一一被看到了。

抄檢大觀園是讀《紅樓夢》的讀者記憶很深的一段戲吧，高潮起伏，事件層出不窮，人物個性也都一一鮮明起來。

抄檢大觀園起因於一個傻丫頭在花園山石洞裡偶然發現一個繡香囊，用今天的話來說，也就是在花園的隱密處發現了「黃色小說」、「春宮畫」或「A片」。

大觀園裡住的成員很單純，大多是還沒有結婚的少女——林黛玉、薛寶釵、迎春、探春、惜春姐妹等，另外就是守寡的李紈，和唯一的男孩——寶玉。

這麼單純的環境，會是誰私藏著被大人視為淫穢、罪大惡極的「春宮」呢？

王夫人，寶玉的母親，因此策動了一次「突襲檢查」，希望查清楚大觀園的「醜聞」事件，要抓出「淫穢」「惡人」，逐出大觀園，保持大觀園的「潔淨」。

究竟是誰私藏著「繡香囊」呢？讀者一定好奇。

這一段讓人覺得像是在讀推理小說，如果是雷蒙•錢德勒（Raymond Chandler），寫到這裡一定大弄玄虛，讓情節撲朔迷離，吊讀者胃口。

《紅樓夢》的作者也懂懸疑，但他的創作關心的重點不是「推理」，這使他在描述抄檢大觀園時，一點也沒有偵探小說的意味。

讀者當然想知道「繡香囊」是誰的？但作者從頭到尾關心的似乎不是調查「案

件」。小說讀完，讀者還是不知道「繡香囊」到底是誰的。

我曾經問過許多人：「你覺得『繡香囊』是誰的？」

王夫人是養尊處優的貴婦人，天天吃齋念佛，她其實最不懂人性，因此當然沒有調查案情的能力。王夫人一拿到「繡香囊」，氣得半死，即刻找王熙鳳，屏退左右，大罵王熙鳳不檢點，把「繡香囊」帶在身上亂逛，掉在園子裡，給人揀到。王夫人說，要是傳出去，「這性命臉面要也不要？」王夫人很笨，豪門出身，只顧性命臉面，毫無推理能力，把贓證栽到王熙鳳身上。

王熙鳳聰明多了，立刻「推理」，幫王夫人仔細檢查「贓物」，分析這東西可能從哪裡來，也觸動王夫人要夜間突襲，抄檢大觀園。

「『繡香囊』是誰的？」我問了很多愛讀《紅樓夢》的朋友，都沒有答案。

林黛玉、迎春、探春、惜春都沒有管道跟外面接觸，十四、五歲的少女，在那個時代，對於「性」大概也一無所知吧。薛寶釵家裡開連鎖當舖，接觸複雜一點，但她一向謹慎到底，不像是做這種事還留下把柄的人。

如果對推理有興趣，可能會懷疑到寶玉，剛發育的青少年，他跟男性（秦鐘、蔣玉菡）、女性（襲人）都有曖昧關係。他又曾經託書僮茗煙，在外頭搞進一堆「野史」、「外傳」的禁書，偷偷在花園中閱讀，算是有「前科」的。

當然，我覺得嫌疑最多的是司棋，迎春的丫頭，她約會表哥潘又安就在花園中，「初次入港」，被鴛鴦撞見，潘又安躲在山石洞後，不知是不是就遺失了這件「情趣用品」。

「繡香囊」被發現了，鬧得沸沸揚揚，一個房子一個房子搜，丫頭的箱子、匣子、衣物都細細地搜，然而作者始終沒有再提「繡香囊」到底是誰的。

喜歡「推理」小說的讀者，往往被一步一步導向「水落石出」的結局，像錢德勒小說裡的偵探馬羅（Marlowe），先誤導幾個假線索，最後才讓讀者「恍然大悟」。

《紅樓夢》好像也可以寫成「推理小說」，像「繡香囊」事件，撲朔迷離，最後謎底揭曉，真相大白，告訴大家「繡香囊」是誰所有。

《紅樓夢》的作者卻完全避開了，他自始至終關心的不是「繡香囊」，不是大觀園裡的「醜聞」，也不是情節聳動的「突襲檢查」。他關心人，關心人性在抄檢大觀園時那麼幽微真實的反應，驚恐、逃避、豁達、痛心、絕望，這麼多表情，在那一夜一一被看到了。作者記得那些表情，他要記錄書寫，為每一個無辜者的表情做真實的見證。

那就是《紅樓夢》不同於一般推理小說吧，在「推理」之外，他有更深沉的關心。

有時候會想，《紅樓夢》的作者如果在今天，看到北京有藝人吸大麻被逮捕，上網、上媒體，痛哭懺悔，彷彿國恥，他會如何記錄書寫這一「醜聞」？寫「密告」、「審訊」、「媒體炒作」，還是靜靜記錄事件裡看得見與看不見的人性狀態、人物表情。

抄檢大觀園開始了，王熙鳳帶領好幾房的管家，組成突襲小組，關上所有角門，從上夜的婆子開始查。

而這一個晚上，最興奮的人就是王善保家的。照理說，她只是六名管家裡的一個，可是這一場戲，彷彿是她的獨角戲，搶戲搶到不行，其他幾個人都沒聲音，大概也知道查不出什麼，上面要查，敷衍一下。可王善保家的不這樣想，被冷落多年，連丫頭也不太搭理她，現在忽然黃袍加身，有了尚方寶劍，要好好吐一吐冤氣，她就要興風作浪了。

抄檢那一夜，王善保家的變成主角，她在寶玉房裡還是要整她最恨的晴雯。那一場戲漂亮，王善保家的喝令「開箱」，晴雯「挽著頭髮闖進來，豁一聲將箱子掀開，兩手抓著底子，朝天往地下盡情一倒，將所有之物盡都倒出。」

讀這一段，熱淚盈眶，知道晴雯豁出來了，在小人面前，她不求苟活，只拚一死了。

五

探春的巴掌

探春說得清楚，她的丫頭都由她管，丫頭的東西她也都負責，
丫頭有錯，就是她的錯，所以可以搜她，她卻不准這幫人動丫頭。
探春一直是有主見的少女，
但看到這一段，才看得出探春不凡的擔當與見識。

抄檢大觀園從寶玉的怡紅院開始，王善保家的這個女人，一開始抄檢，就碰到晴雯剛烈的反擊，當她的面，抓著箱子底，把箱子裡的東西嘩啷全倒出來，給王善保家的難堪。

抄檢大觀園是王夫人下令，王熙鳳主持，幾個管家老婆如周瑞家的、來旺家的，都應該是監察的身分，也都不會發號施令，頤指氣使。但是王善保家的，彷彿大權在握，完全無視於他人的存在。

怡紅院抄檢完，沒有查到什麼，王善保家的大概有些失望。

社會上有立法、司法，原是為了維持秩序正義，但立法、司法如果變成了個人藉此興風作浪，社會就更不安定，也違反立法、司法的原意吧。

《紅樓夢》裡王善保家的這一婆子，看起來不起眼，卻是賈府走向敗落的根源。她抄檢大觀園，守不住正義的分寸，處處公報私仇，都是私心意氣，就使亂象更亂。作者寫這一人物，用心頗深，彷彿在寫一個社會真正的亂源，其實並不是那一個「繡香囊」，而是假借抄檢「繡香囊」作威作福、大呼小叫的那些人。

王熙鳳平日是一個有威嚴的主管，在下人奴僕面前更是凶悍潑辣，絕不是退讓的角色。可是抄檢大觀園這一晚，她卻對王善保家的這女人十分柔軟。

怡紅院抄檢完，照例要去蘅蕪院，但是寶釵是親戚，來賈府借住，王熙鳳就客氣請教王善保家的說：「我有一句話，不知是不是。要抄檢只抄檢咱們家的人，薛大姑娘屋裡，斷乎檢抄不得的。」

這句話其實是結論，但語氣柔軟，像是在徵詢王善保家的意見，很不像王熙鳳平日獨斷霸氣的語調。王熙鳳或許是故意給王善保家的面子，讓她得意，也大概知道，小人只有讓她更得意，忘了形，後面就自然有收拾她的人。

王善保家的當然照王熙鳳的話做，但王熙鳳當眾人面徵求她意見，大概已經讓她要飛上天了。

這一行人接著就進了瀟湘館，黛玉已睡，忽聞大隊人馬進來，不知幹嘛。鳳姐好意，趕緊按住黛玉不許起來，只說：「睡吧，我們就走。」

讀到這裡，當然心酸，一個潔淨單純的大觀園，原來是青春美麗的淨土，如今被胡亂汙染了。王善保家的竟然無視於這美麗世界的安靜，依然像個惡煞，吹鬍子瞪眼地吆喝著。她從紫鵑房裡抄檢出了寶玉小時候用的寄名符、荷包和扇套，彷彿抓到了贓證，樂不可支，趕緊獻給王熙鳳看，說：「這些東西從哪裡來的？」

小人的心，時時想別人有錯；小人的眼睛，時時看別人的錯；小人的嘴巴，時時說別人的錯。一點蛛絲馬跡，就得意洋洋起來。

王熙鳳看了「贓證」，不過是孩子用的玩意兒，覺得好笑，只好告訴王善保家的，都是寶玉的舊東西，寶玉從小跟這些姐姐妹妹一起長大，一起玩，東西都混在一起，不是什麼稀罕事。

王善保家的又落了空，抓到自以為不得了的贓證，卻原來只是孩子童年玩在一起的小東西，她很失望。一清如水的大觀園，看在心裡都是骯髒汙穢的小人眼中，都是贓證了。作者心痛，回憶著一個家族覆亡的開始。

王善保家的得意過了頭，不知道後面就要有因果來收拾她了。

讀抄檢大觀園這一段，大概都記得探春狠狠打了王善保家的一巴掌，打得響脆漂亮，是最大快人心的一場戲。但是，作者寫這一段時心痛如絞吧，探春說的話令人驚心動魄：

> 這樣大族人家，若從外頭殺來，一時是殺不死的。……必須先從家裡自殺自滅起來，才能一敗塗地！

好驚人的預言，好精準的讖語。

其實不只是賈府，許多朝代、許多政權，也都是「自殺自滅」，最後「一敗塗地」，不需要別人從外面殺進來。

探春聽說要抄檢大觀園，她就下令丫頭「秉燭開門」等候。抄檢的人到了，探春問王熙鳳何事？王熙鳳說：丟了一件東西，來查一查。

探春了不起，她說：「我們的丫頭自然都是些賊，我就是頭一個窩主。」她把自己的箱子、櫃子都打開，要王熙鳳查。王熙鳳嚇壞了，知道探春動了怒，趕緊讓丫頭把箱櫃都關上。

探春下一句說的好：「我的東西倒許你們搜閱，要想搜我的丫頭，這卻不能。」

探春說得清楚，她的丫頭都由她管，丫頭的東西她也都負責，丫頭有錯，就是她的錯，所以可以搜她，她卻不准這幫人動丫頭。

探春一直是有主見的少女，但看到這一段，才看得出探春不凡的擔當與見識。探春的態度，是一個負責任的主管的態度。反觀現代社會，一發生事情，競相推諉塞責，都是別人錯，自己一點事也沒有。我們社會的「主管」，比起三百年前探春這個十幾歲的少女，應該汗顏吧。

幾個管家婆子要找台階下，周瑞家的當和事佬，就提出意見，要大家到別處去，好讓探春等人休息入寢。

探春不放鬆，指著幾個負責抄檢的人說：「你們也都搜明白了不曾？」周瑞家的幾個都識相，也知道探春不好惹，趕緊回答：「都翻明白了。」這時王善保家的就要出醜了，她沒搜出什麼，找不到碴，很不甘心，也不怎麼把探春看在眼裡。過度得意，真是會忘了形，就不知輕重，上前翻了探春衣襟，嬉皮笑臉地說：「連姑娘身上我都翻了，果然沒有什麼。」

探春一個耳光就即刻響亮地刷在王善保家的臉上。

讀到這裡，或許大快人心吧，但《紅樓夢》不是要「報復」的書，《紅樓夢》有如此深的懺悔，如此深的反省，探春那一巴掌，作者一定希望是打在自己臉上吧。

六

王善保家的與司棋

王善保家的插科打諢，像舞台上一個好笑的丑角，
《紅樓夢》作者卻在此時寫了司棋的表情，沒有畏懼，沒有慚愧，沒有辯解。
她私通男人的證物都在眼前，保守而禮教封閉的時代，
司棋知道將要面對什麼樣的後果，不是她的外婆王善保家的能懂得的後果。

抄檢大觀園時，王善保家的過度得意，在探春處受到教訓，捱了探春一巴掌。許多人會覺得這是王善保家的應該的下場，惡有惡報，多半對她沒有太多同情。

但這一回寫得真好，王善保家的這一段抽出來，絕對是精采的短篇小說，比美莫泊桑（Guy de Maupassant）。

《紅樓夢》的作者委婉，他如此用心寫王善保家的，絕不是要讀者輕蔑或憎惡這個愚痴可笑的婆子吧。

愚痴是蠢，我們有時候看不慣別人做事，忍不住會笑別人愚痴、蠢笨。教養不夠，愛惹是非，就會衝口而出：蠢啊！蠢啊！

有教養的，知道分寸，嘴裡不說出來，看在眼裡也有不屑，心裡暗想：怎麼會這麼蠢！

年紀大了，覺得別人「蠢」的時候，都心裡害怕。無論嘴裡說不說出來，一有這個念頭，就知道自己還是驕矜自大。驕矜自大當然很「蠢」，也就沒有什麼資格笑別人「蠢」了。

台灣在威權時代，對表達意見有習慣性的謹慎。從小受父母呵斥，人前人後，不能隨便批評別人。習慣這種紀律，社會上比較少看到衝突，比較少看到亂罵人。

以前在長輩間周旋，他們知書達禮、溫文儒雅，談起某人，微微笑著，好像沒有意見，沒有批評，但不經意間忽然就會看到他們嘴角露出的一絲不屑，或者，在齒縫間含糊低微的聲音：「蠢啊！」

當然，看起來無事，不表示社會沒有問題。社會表面看來平和，溫良恭儉讓，嘴上不說，心裡可能還是有很多分別心，並沒有少了愛憎。

台灣威權解體，像炸彈爆炸，社會釋放出來喧囂吵鬧，多半與長年心理壓抑有關吧。許多原來壓抑著不能講的話，一旦解嚴，本性爆發，克制不住，變成歇斯底里的情緒。誇張的謾罵，粗暴的攻擊，語言粗魯下流，失去理性，變成躁動。

其實不只立法院、監察院，市場街頭、臉書、部落格、電視媒體，都處處看到同樣畫面，一個人亂罵著，嘴巴變形扭曲，一堆沒有意義的髒字，像機關槍一樣連串而出，聲音急促高亢，聽不清楚內容，不知道在罵什麼。

情緒失控，教養失控，日復一日，隨時隨地都有戲在演。

日子久了，這樣的聲音、文字、畫面、動作，只好當佛經來看、來聽。「如我昔為歌利王割截身體，我於爾時，無我相……」《金剛經》如此提醒，「我」是多麼難去除的執著。

讀完《金剛經》，打開電視，看到有人口沫橫飛，比手畫腳，無事不罵，忽然也覺好笑，心想：《紅樓夢》的作者若是活在今天，會如何書寫這個角色？王善保家的會不會也就是他當年認真讀的一段佛經？

王善保家的捱了探春一巴掌，大快人心。但是，如果真有報應，王善保家的這個婆子，她的報應其實不是探春的一巴掌，還有後面更深的因果。

怡紅院、瀟湘館、秋爽齋、稻香村、暖香塢，一一都查過了，也搜不出嚴重贓物，王善保家的有點失望，最後到了迎春的綴錦樓，要查司棋的箱子。

王熙鳳知道，司棋是王善保家的外孫女，就冷眼旁觀，看這個老挑別人錯的女人，老抓別人把柄的女人，輪到自己親人了，她會不會「藏私」？

王善保家的在司棋箱子前瞅一眼，就要關箱子，說：「也沒有什麼東西。」

這時候旁邊幾個管家不服了，查別人查得如此殷勤，到了自己家人，就可以這樣放水。

這也像今天台灣，非我族類，一切都不好，要是自己家人，就瞞天過海。

日子久了，大多數人學會了靜靜看這樣的人囂張跋扈，知道都會有報應，只是報應不會是「一個巴掌」那麼簡單。

王善保家的正要關箱子，旁邊周瑞家的眼明手快，一下從箱子裡抓出一雙男人的錦襪、緞鞋，還有一個同心如意的紅帖。

讀者都知道這是什麼，司棋跟姑表兄弟潘又安曾經在花園裡私下約會，被鴛鴦撞見。鴛鴦厚道，知道說出去是兩條人命的事，便守口如瓶，司棋逃過一劫。不多久潘又安懼禍跑了，司棋生氣失望，一病不起。她的箱子裡放著愛人的鞋襪，私藏著愛人海誓山盟的情書信柬，彷彿是她最後唯一的依戀，唯一美麗的回憶，愛人跑了，一切已是夢幻泡影。

王熙鳳慢慢讀著信，潘又安的調情，潘又安的信誓旦旦，司棋在一邊聽著，面無表情。眾人看著王善保家的笑，王善保家的羞愧無地自容，自己打自己嘴巴，罵自己「老不死的娼婦」，「說嘴打嘴」，「現世現報」。

王善保家的被恥笑了，旁邊圍觀的眾人半諷半勸，大概沒有人真心同情這個愚蠢的婆子。忙著整人，忙著找每一個人的錯，抓到一點就沾沾自喜，她沒想到，有這樣的因果在後面等她吧。

王善保家的寫得真好，她打自己嘴巴，罵自己「老娼婦」，這個一直愚蠢到不可救藥的婆子，其實真實可愛，在因果面前，她比很多人更有反省。

王善保家的插科打諢，像舞台上一個好笑的丑角，《紅樓夢》的作者卻在此時寫了司棋的表情，沒有畏懼，沒有慚愧，沒有羞赧，沒有辯解。眾婆子都不能懂司棋的絕望吧，她私通男人的證物都在眼前，她私密的情書當眾一字一字朗讀出來。保守而禮教封閉的時代，司棋知道將要面對什麼樣的後果，不是她的外婆王善保家的能懂得的後果。

《紅樓夢》講因果講得如此深，王善保家的被恥笑羞辱了，這是因果，然而作者這麼心疼司棋這一女孩兒，她是大觀園裡熱烈愛過、又幻滅過的少女。他人的羞辱，他人的嘲笑，都沒有比愛情幻滅更讓她心痛絕望吧。

因果如此，使我真心警惕，對愛憎褒貶都有謹慎。

七

尤氏

「可知你是個心冷、口冷、心狠、意狠的人。」這大概是小說裡尤氏說過最重、最嚴厲的一句話。她活在骯髒是非裡，她一定也看不慣自己丈夫兒子的所為，但是她柔弱退讓，她做不到像惜春這樣絕情切斷，好像人世間她還有太多牽連瓜葛，一時不知如何自處。

讀《紅樓夢》不容易注意到尤氏這個女性，她是寧國府賈珍的太太，常常出場，卻好像總引不起人注意。

一個角色，出場次數不少，卻沒能讓大家留下深刻印象，耐人尋味。

例如，六十四到六十九回，講尤二姐和尤三姐的故事。這兩個女性形象鮮活，她們正好是尤氏的妹妹。雖然不是嫡親姐妹，只是尤氏繼母尤老娘帶來的前夫的兩個女兒，與尤氏沒有血緣關係，但無論如何，尤二姐、三姐住進賈府，當然還是因為身分是尤氏的妹妹。

尤二姐、尤三姐被賈家男人玩弄，裡面牽涉到賈珍、賈蓉。賈珍是尤氏丈夫，賈蓉是尤氏兒子（或許不是親生），都與尤氏有密切關連。可是讀「紅樓二尤」一段時，覺得奇怪，自始至終，尤氏好像沒有出現，沒有意見，沒有介入。她兩個妹妹，一個刎頸自殺，一個被王熙鳳折磨，委屈吞金自盡，這兩件大事，看不到尤氏任何反應。

尤氏丈夫賈珍，小說一開始就有逼姦兒媳婦秦可卿致死的嫌疑，她也沒有反應，只是「稱病」，躲過喪禮。

尤氏究竟是一個什麼樣個性的女人？

大概要讀到第七十四、七十五回，忽然看到作者要寫尤氏了。一個平民女子，嫁進豪門，丈夫兒子都不成材，為非作歹。賈珍玩女人玩到自己太太的妹妹，賈蓉玩女人，可以玩到自己母親的妹妹。尤氏對這樣的丈夫、兒子，難道沒有感覺、沒有意見嗎？

一個讓人看不出個性的女性，如果她被激怒了，會是什麼事讓她發怒？如果她被激怒了，她會有什麼樣被激怒的表情？

尤氏像躲在一張有許多人物的大畫裡，是一個躲在暗影中、一直讓人看不清楚的角色。然而她自有她的輪廓，有她在暗影裡雖然模糊、仔細看還是可以分辨出的五官，以及一直沒有外露出來的表情吧。

沒有明顯個性的人物，會不會是最不好寫的角色？

王熙鳳稜角分明，她一出場，喜怒都清楚表現出來，她的愛恨也從不模糊。尤氏和王熙鳳是妯娌，她的丈夫賈珍和王熙鳳的丈夫賈璉是堂兄弟。王熙鳳大權在握，八面威風，相較起來，尤氏顯得老是陪襯在旁邊，沒有聲音、沒有表情、沒有意見，被嘲笑是「鋸了嘴的葫蘆」。

七十四回抄檢大觀園，在惜春房裡的丫頭入畫，她的箱子裡查出了男人的鞋襪、玉帶板子和三、四十個金銀錁子。王熙鳳問這些東西從哪裡來？入畫說是賈珍賞她哥哥的，因為父母都在南方，叔叔嬸嬸吃酒賭博，不能信任，哥哥就委託入畫代為收藏管理。入畫的回答合理，王熙鳳覺得不是贓物，不用處罰。

這時候看到惜春個性裡「孤介」的怪癖露出來了。這個從小喜歡跟尼姑玩在一起，常說要剃髮出家的千金小姐，當入畫的事情發生，她立刻跟入畫劃分界線，不想沾惹是非。惜春說：「你要打她，好歹帶出去打罷，我聽不慣的。」

惜春的冷酷，使人大吃一驚。作者好像在問：這個傾心佛門的少女，她心中的佛門，原來只是不沾惹是非的潔癖嗎？佛門的信仰難道只是一味強調自己潔淨，不沾染一點塵俗汙穢嗎？

惜春一段讓人沉思，不發生事件，其實不容易看出人的本性。

惜春本性露出來了，她極力維護自己清白，只求盡快擺脫一切是非牽連，她因此主動找了尤氏來說話。

惜春是賈珍的小妹，年齡小很多，要叫尤氏一聲大嫂。她叫了尤氏來，談入畫被查出贓物的事。尤氏解釋：那些男人的東西，的確是賈珍賞入畫哥哥的，來源查清楚了，沒有什麼錯，也不該處罰。

惜春不依，一定要攆走入畫，叮嚀尤氏說：「或打，或殺，或賣，我一概不管。」尤氏善良，為入畫求情，說她從小服侍惜春，也該念多年主僕一場。

惜春卻執意不聽，指責起尤氏，指責起寧國府，暗示寧國府太髒汙了，表示要斷絕跟哥哥嫂嫂、寧國府一切來往。

惜春向尤氏說了令人寒心的話：「我只知道保得住我就夠了，不管你們。從此以後，你們有事別累我。」

聽了這樣無情的話，尤氏個性表露出來了，她忽然發現惜春這樣絕情，因此嚴厲指責：「可知你是個心冷、口冷、心狠、意狠的人。」

這大概是小說裡尤氏說過最重、最嚴厲的一句話。她活在骯髒是非裡，她一定也看不慣自己丈夫兒子的所為，但是她柔弱退讓，她做不到像惜春這樣絕情切斷，好像人世間她還有太多牽連瓜葛，一時不知如何自處。

惜春口口聲聲說自己清白，不想被拖累帶壞。尤氏當然知道指的是她丈夫兒子的不堪，但她割不斷、切不斷，她做不到像惜春那樣決絕無情。

是惜春在修行，還是尤氏在修行？我總覺得作者彷彿想跟讀者一起思考。

尤氏被惜春的無情激怒了，賭氣走了。七十五回寫尤氏一肚子心事，沒有地方訴說，就去稻香村看李紈。李紈正生病，看出來尤氏有心事，「不似往日和藹可親」，李紈要她吃點東西，尤氏發呆出神，不說話。

跟隨的媳婦說尤氏一天沒洗臉化妝，李紈就要丫頭取自己化妝的東西。李紈守寡，不施脂粉，丫頭素雲拿了自己的胭脂，說：「不嫌髒，這是我的……」李紈指責素雲不該拿僕人的化妝品給尤氏用，說了一句：「幸而是她，若是別人，豈不惱呢！」尤氏個性出來了，寬容、隨意，不計較細節，跟丫頭相處，也和善不嚴厲。但李紈看出來這一天尤氏受了氣，因此當小丫鬟炒豆兒彎著腰捧臉盆讓尤氏洗臉時，李紈就說：「怎麼這樣沒規矩！」炒豆兒才趕忙跪下。

這一段寫尤氏的個性寫得極好，她活得忍氣吞聲，也只有李紈看出了一二。

八

椒油蒓齏醬

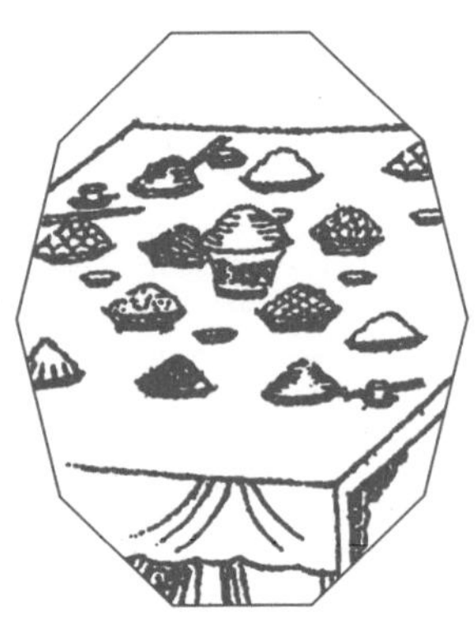

蒓菜齏醬，清淡、滑潤、圓融，若有若無，若即若離，
加了一點點椒油之後，口腔裡多了辛辣刺激的熱烈餘溫。
兩種氣味如此不同，交錯混雜，像融合，又像衝突。
小吃講究材質的搭配，刀工細，火工拿捏好，就有入口的回憶。

尤氏在妹妹惜春那裡受了氣，到李紈的稻香村坐了一會兒，吃了點麵茶，洗了臉，化了妝，又辭了李紈，看看是賈母用餐時間，就過去侍候賈母吃飯。

尤氏是個性軟弱的女人，丈夫賈珍逼姦兒媳婦秦可卿致死，丈夫連同兒子賈蓉玩弄她的妹妹尤二姐、三姐，兩人前後自盡而亡，她都沒有任何反應。她默默活著，不得罪任何人，不招搖生事，做好一個大家族媳婦的本分。受了再大的氣，受了再大的侮辱，心裡有再大的不愉快，都不說話，不發脾氣。看看時間，是賈母要用餐的時候，就擱下自己的心事，起身去賈母處服侍。

尤氏沒有鮮明個性，活得如此卑微，好像一生都沒有自己，都是為別人活著，作者在第七十五回逼近鏡頭，讓讀者看一看尤氏的五官表情。

《紅樓夢》裡幾次寫賈母吃飯。賈府有大宴會，像賈母八十歲生日，無論是招待外面賓客，或是自家人的家宴，很少寫到菜餚內容。《紅樓夢》如果特別描寫菜飯內容，大概都是日常生活的小吃，菜餚也就很平常，像七十五回尤氏服侍賈母吃的小菜。

賈母吃飯，兒媳婦、孫媳婦都來陪伴服侍。這一天其實發生了大事，南方的甄（真）家因為獲罪，被抄家了。這當然是隱喻，因為賈（假）家不久也要抄家。

古代被抄家是極悲慘的事，不一定要有罪名，就是皇帝不高興了，一聲令下，財產充公，男女家眷，或流放充軍荒漠，或殺或賣，女眷甚至充當軍妓，殘酷到令人寒毛豎立。

賈母聽說「甄家」抄家，「正不自在」，看到尤氏來了，就說「咱們別管人家的事」，詢問起過中秋節賞月，準備好了沒有。

作者好像回憶，家族要大難臨頭之前，老祖母忽然若無其事，問起中秋家族團圓賞月的事：在哪裡賞月？聽什麼音樂？都安排準備好了嗎？

賈母不想面對現實，不要聽抄家的事。她老了，過了八十歲生日，她惦記著也許是最後一次跟子姪輩、孫子輩一起團圓，一起看中秋的月圓。

那一天，賈母吃的小菜也有趣。

賈母用膳，通常有她自己的飯食。但是家族規矩，各房都要選一些菜送來孝敬。賈母看著兩大捧盒，就問是什麼菜，又說，不要再照老規矩送菜來，「如今比不得在先輻輳的時光了」。

兒媳婦王夫人解釋她這天吃齋，沒有葷食，只有麵筋豆腐，賈母又不愛吃，因此揀了一碟「椒油蒓齏醬」。

賈母很開心，說：「正想吃這個。」

我對這個小吃也感興趣，在西湖吃過新鮮蒓菜，像小荷葉，入口滑潤清香。杭州人多用蒓菜做羹，像鱸魚蒓菜羹，西晉的張翰（季鷹）在洛陽做官，秋風一起，想念家鄉這一道小吃，便掛冠辭官不做，回老家吃小吃去了。

蒓菜鱸魚羹是歷史上著名的「小吃」，這小吃救了張翰，也救了很多陷溺官場無以自拔的讀書人。

不能小看「小吃」，小吃常有救贖性，使人警醒。像我愛讀劉克襄《男人的菜市場》，或舒國治大街小巷品味的「小吃」，常常讓我覺得，島嶼雖然喧譁，還有簡單樸素、安靜穩定的常民生活可以嚮往。

賈府把蒓菜做成齏醬，也是南方傳統，蒓菜切成細絲，用蔥、薑、椒油調拌成小菜。

這「椒油」是花椒或辣椒，不得而知。如果照王夫人說的，作為齋菜，似乎以花椒可能性較大。但我母親做椒油，是先熱油煎了乾辣椒末，再調花椒油的。

我兩種都試過，花椒油的辛麻，搭配蒓菜醬的滑潤清香，一點辣油的熱烈，混和在一起，很有意思。

蒓菜齏醬，清淡、滑潤、圓融，若有若無，若即若離，加了一點點椒油之後，口腔裡多了辛辣刺激的熱烈餘溫。兩種氣味如此不同，交錯混雜，像融合，又像衝突。不知道為什麼，讓我想到諸葛孔明，如高臥隆中、空城計、出師表，無論在小說裡，在戲曲裡，他都既蒼涼又熱烈，總覺得他心事矛盾，好像要放下，又總是放不下。

賈母用膳，探春、寶琴陪在旁邊，一起用餐。但是王夫人、尤氏不能上桌，因為是兒媳婦、孫媳婦，必須服侍賈母吃完才上桌。

這天吃的菜裡還有一樣「雞髓筍」，有點像前面吃過的「酸筍雞皮湯」，取雞禽的皮、髓、骨架熬湯，配入筍絲的清香。

小吃不在材料複雜，小吃講究材質的搭配，刀工細，火工拿捏好，搭配得當，就有入口的回憶。大宴山珍海味，看來嚇人，常是虛張聲勢，沒有小吃實在。

一個文化裡沒有小吃，也就通常沒有生活。沒有踏實生活，所謂文化，只是虛有其表的誇張吧，看起來嚇人，入口無氣味、無口感，很像今天被誇大的「創意料理」。

雞髓筍賈母嚐了兩口，就又要人送回去，還特別交代：「以後不必天天送，我想吃自然來要。」

賈母最後還是想吃稀飯，尤氏就捧過一碗「紅稻米粥」。我小時候沒有見過「紫米」，讀《紅樓夢》，對賈母吃的「紅稻米粥」充滿好奇羨慕，覺得是貴族家的奇珍異寶。

當年賈府好像也是以「紅稻米粥」為貴，因為賈母吃了半碗，就吩咐把剩下的粥給王熙鳳送去。王熙鳳正生病，賈母也疼她，就把粥賞她吃了。等尤氏上桌吃飯，看到尤氏吃的是「白梗米飯」，賈母就指責丫頭：「你怎麼昏了，盛這個飯來？」丫頭說「紅稻米粥」沒有了，鴛鴦才跟賈母解釋，收成不好，珍貴的米不多，「如今都是可著頭做帽子了，要一點兒富餘也不能的。」賈母聽了，心中也有許多感慨吧。

尤氏不多事，沒有「紅稻米粥」，她吃「白飯」覺得也很好。

九

邢德全

邢大舅就是邢德全，邢夫人的弟弟，平日「吃酒賭錢」、「眠花宿柳」、「濫漫使錢」，抱怨自己姐姐邢夫人苛扣銀錢。這人沒什麼頭腦，出手闊綽，大家叫他「傻大舅」，剛好跟薛蟠這個「呆大爺」配了一對。

尤氏是寧國府賈珍的太太，寧國府、榮國府由兩兄弟創業，對皇帝有功，都封了公爵，兩家宅第佔滿了一條街。兩府傳了四、五代，富貴榮耀，目前輩分最高的是年過八十的賈母，寧國府這邊的尤氏，論輩分是孫媳婦，每天也還要過榮國府這邊來，定省問安，侍候賈母吃飯。

賈母用完晚餐，天快暗了，將要起更，就要尤氏回家休息，說：「黑了，過去吧。」

《紅樓夢》許多與小說情節無關的小場景寫得極好看，不注意就容易忽略，像這一天尤氏回家的描述。

尤氏辭別賈母，從榮國府到寧國府，書上說「不過一箭之遙」。短短一段路，但是尤氏是貴婦人，不能拋頭露面，便在榮國府大門口上了車，她的丫頭銀蝶坐在車沿上。跟隨尤氏的媳婦們，把車簾子放下，媳婦和小丫頭不坐車，直接步行走回寧國府門口等候。

這是具體的生活細節，作者若沒有真實生活經驗，無法憑空寫出來。

同在一條街上，寧國府、榮國府兩間公爵府邸，貴婦來往，怕閒雜人等，還是要坐車，其他「老嬷嬷帶著小丫頭，只幾步便走了過來。」

作者在回憶時間、空間、距離，場景如此逼真，彷彿帶讀者重回原地去走了一次。兩間公爵府邸，整日門口都有警衛，這時出動「到東西街口，早把行人斷住」，暫時交通管制，就是為了尤氏的車子要回家。

平常車子是牛、馬、騾子來拖，但因為太近了，「大車上也不用牲口」，不用牛馬拖，只用七、八個年輕小廝，「挽環拽輪」，輕輕就把尤氏的座車推拽到寧國府門口。

車子到了台階前，男性車伕一齊退下，退過門口石獅子之外，「眾嬤嬤打起簾子」、「銀蝶先下來」、「然後攙下尤氏來」。《紅樓夢》的好看是有這麼多細節，日常生活裡微不足道的小事，寫得逼真鮮活，就像活生生眼前看到的景象。

作者不像在寫小說，不是在憑空「創作」，只是找回自己回憶裡的點點滴滴。彷彿一張被撕碎的照片，一一撿拾起來，一點一點耐心拼湊，他不想遺漏任何一塊碎片。

從榮國府回寧國府，短短一段路，作者回憶了這麼多細節。

尤氏回家，看到大門口石獅子兩邊停放著「四五輛大車」，知道丈夫賈珍在家裡歡宴，邀了許多來豪賭的賓客。尤氏跟丫頭銀蝶說：「坐車的是這樣，騎馬的還不知有幾個呢。」

門口停著大車，但騎馬來的，馬匹在馬圈裡拴著。尤氏彷彿有點感慨，跟銀蝶說：「也不知道他娘老子掙下多少錢與他們，這麼開心兒。」

從平常人家嫁進豪門，一向對丈夫不表示任何意見，尤氏這一晚，好像有一點心事。不是委屈，不是感傷，連抱怨也談不上，她忽然想在窗外看一看，到底丈夫和賓客都在做些什麼。她說，每天都想偷偷瞧瞧他們，都抽不出空，「今兒倒巧，就順便打他們窗戶跟前走過去。」

尤氏從不過問丈夫私事，這一天有一點好奇，決定在窗外偷窺，就不要跟從的媳婦小廝們聲張，悄悄走到窗下。

尤氏聽到屋子裡「稱三贊四」、「恨五罵六」，一片賭博輸贏的讚聲與罵聲。

作者筆鋒一轉，解釋道：因為賈珍的父親賈敬過世不久，還在守喪期間，按國法家法，不得玩樂歡宴。但賈珍耐不住寂寞，就想了一個方法，邀富貴親友來練習射箭，修習武藝。賈府本來是從軍功封爵，是「武蔭」世家，賈赦、賈政這些長輩聽了，覺得很好，也很鼓勵子姪輩參加習射聚會。

賈珍假借練習武藝，開始廣邀一干「鬥雞走狗」、「問柳評花」的「遊蕩紈褲」，日間習射，晚間小賭，輪流作東，「宰豬割羊」、「屠鵝戮鴨」。

半月之後，連習射的名目也不用了，「賭」勝於「射」，三、四個月後，就全然豪賭起來，「放頭開局，夜賭起來」。

賭局越弄越大，餐後飲宴，有十六、七歲長相清秀的男妓陪酒歡樂。尤氏在窗戶外窺看，看到兩個陪酒的「孌童」，打扮得「粉妝玉琢」。

賈珍在招呼客人，裡間有「打天九的」，已經結清賭債，正等吃飯。「打公番的」還沒了局，不肯吃飯。賈珍就先擺一桌，陪一批客人先吃，命兒子賈蓉等下一桌再吃。

尤氏在窗外看著自己的丈夫、自己的兒子，看到一桌桌賭客。看到薛蟠，贏了錢，正高興，摟著一個男妓喝酒，又要這孌童給「邢大舅」敬酒。

邢大舅就是邢德全，邢夫人的弟弟，平日「吃酒賭錢」、「眠花宿柳」、「濫漫使錢」，抱怨自己姐姐邢夫人苛扣銀錢。這人沒什麼頭腦，出手闊綽，大家叫他「傻大舅」，剛好跟薛蟠這個「呆大爺」配了一對。

他們倆合得來，賭博都不愛用頭腦，討厭複雜的賭法，愛擲骰子，「搶新快」。

這一天，邢德全輸了錢，心情不好，喝了酒，藉著醉意，就向兩個男妓發飆，抱怨他們勢利眼，看他輸了錢，就不理他、不巴結他了。

邢德全講話難聽，罵這兩個男妓是「兔子」，看贏家有錢，「就三六九等」。年輕男妓慣於風月場合，跪著向傻舅撒嬌，説這是妓院師父教的規矩，有錢就要巴結，沒錢就別靠近。

一個男客幫腔，也罵這兩個男妓説：傻舅「輸的不過是銀子錢，並沒有輸丟了雞巴，怎就不理他了？」男客黃色笑話逗得大夥兒轟笑，傻舅也笑得噴了一地飯。

尤氏看不下去了，她的丈夫兒子日日都是這樣作樂的，她聽聞許久，終於親眼見到。她覺得不堪吧，「啐」了一聲，默默離開了。

十

一聲嘆息

《紅樓夢》裡那一聲深深的嘆息，很像永觀堂預告白日將盡的鐘聲。
作者確實要大家聽到那一聲長長的嘆息，如此清晰，就近在身邊。
你若厲聲叱喝，那聲音就隨風越牆而去，留下一片祠堂門扇開了又闔的聲音。
那嘆息聲，會是作者自己的幻聽嗎？

我總聽到《紅樓夢》裡有一聲深長的嘆息。在各個角落的嘆息，在華麗錦繡重重掩蓋裡的嘆息，在金玉珠寶鑲嵌的閃爍光裡的嘆息，在繁花盛放的園子裡的嘆息。少年時讀《紅樓夢》就聽到了，不能確定，有時候偷偷觀察，是不是別人也聽到了，還是只是我一個人的幻覺。

年紀大了以後，很多朋友有幻聽的現象，大部分為耳鳴所苦。然而那一聲既模糊又清晰的嘆息聲，像偶然在荒山裡亂走，忽然聽到的晚蟬的嘶叫，高亢而悲涼，使我突然在行進的路上停步，東張西望，妄想在一山的婆娑樹影裡找那一聲蟬鳴，卻都一無所得。

我想到杜甫的一句詩：「足繭荒山轉愁疾。」

曾經在京都的鬧市喧譁裡遊走，忽然聽到鐘聲，當地的朋友停下來說：聽，永觀堂的鐘聲。下午四點十五分，喧譁都靜止了，聲音像視覺上的停格，時間不再移動。《紅樓夢》裡那一聲深深的嘆息，很像永觀堂預告白日將盡的鐘聲。

那一聲嘆息一直在，從小說開始就在，然而到了第七十五回，嘆息的聲音讓賈珍聽到了，他嚇得一身冷汗。

他也想知道，那嘆息聲從何而來。

那是中秋節前一個晚上，賈珍早早命人準備，「煮了一口豬，燒了一腔羊」，許多菜餚果品。筵席設在寧國府會芳園叢綠堂。作者對一般日常小菜往往做很仔細的描述，講究食材、做法、刀工火候，不厭其煩。但是賈珍的家宴，「一口豬」、「一腔羊」就交代過去，沒有細節。

那一個晚上的繁華熱鬧，作者也只說了八個字：「屏開孔雀，褥設芙蓉。」是在説裝潢擺飾的錦堆繡簇，但也是沒有細節，繁華如此空洞，用十分概念的話帶過。

賈珍是寧國府的繼承者，他的父親賈敬去逝，他就是這一房領頭的人。賈珍在小説一開始就被懷疑是逼姦秦可卿致死的凶嫌，而秦可卿是他兒子賈蓉的太太。賈珍是否確實逼姦兒媳婦致死，作者欲説還休。秦可卿的死亡撲朔迷離，太虛幻境的繪畫裡看到天香樓上吊而死的秦可卿，但在現實敘述中，秦可卿又是生病死的。

作者原稿一再修改過，留下許多改動痕跡。評論家談這一段，覺得作者改得不徹底，上吊死亡，生病死亡，兩相矛盾。但是《紅樓夢》好看，也正在於此吧。

作者好猶豫，好難下決定。秦可卿如果活生生被逼姦，賈珍的「惡」一開始就確定了，作者一改再改，彷彿那是他最心痛的往事，要據實去寫，還是隱晦曲折一點，他一再拿捏分寸，難於下決定。像畫家一次一次塗抹修正的手稿，線條、擦拭、塗改、修飾，重重疊疊的筆痕，往往比一張完整沒有錯誤的畫作要更動人。

賈珍因此是一個隱藏在許多塗改痕跡背後，面目始終不十分清楚的男人。

到了第六十四回以後，賈珍跟兒子賈蓉一起玩弄尤二姐、尤三姐。這兩個平民女子是賈珍太太尤氏的妹妹。賈珍的面目似乎清楚了一點，逼姦兒媳婦、夥同兒子一起玩弄小姨。到了第七十五回，尤氏回家，在窗外偷窺丈夫賈珍聚眾豪賭，招男妓陪酒，賈珍從一再塗改的模糊筆痕裡露出了比較清晰的輪廓。

這時候，他要聽到那一聲長長的嘆息了。

「風清月朗，上下如銀」，月光這樣清明美好。賈珍喝了酒，要行令作樂。妻子尤氏就要佩鳳等四個侍妾入席，「猜枚划拳」，喝得十分盡興。

有了醉意，賈珍一時興起，就命人取出紫竹簫，要佩鳳吹簫，要文花唱曲。吃喝玩樂到三更時分，已經是半夜了，賈珍還想玩下去，中秋夜寒，大家就添加衣服，更換杯子喝茶，這時，忽然聽到「那邊牆下有人長嘆之聲」。

「大家明明聽見，都悚然疑畏起來」，有點懷疑，有點害怕，像是耳鳴幻聽，聽見了，卻又彷彿希望不是真的。

賈珍是一個家族的頭頭，他不能畏懼，因此厲聲叱喝：「誰在那裡？」他一連問了幾次，沒有人回答。

那是很安靜的時刻吧，像在喧譁熱鬧的繁華街市，忽然聽到了寺廟鐘聲，時間便都靜止了下來。

「誰在那裡？」賈珍的呵斥，也像是他自己心裡的訊問。

會是誰在那裡呢？

尤氏是溫暖體貼的妻子，她要安慰平撫丈夫，因此說：「必是牆外邊家裡人也未可知。」

賈珍說：「胡說！」他太清楚這是公爵府邸，牆外邊不會有僕人房子，何況，牆的那邊「又緊靠著祠堂」。祠堂全是祖宗的牌位畫像，更不會有活人進出。

賈珍狐疑起來，聽到一陣風聲，竟翻越牆頭過去了。過牆而去的風，大家恍恍惚惚，聽到祠堂門扇開闔的聲音。

嘆息聲是從祠堂而來，又回祠堂而去了嗎？

夜深寒涼，月光有一點慘淡，沒有先前明亮了。

賈珍酒醒了一半，跟大家一樣寒毛倒豎，心中疑慮恐懼，但不能表現出來，還是要撐著做出大男人的架勢。

好好的賞月，這樣的嘆息聲，讓大家掃了興，筵席也就散了。

第二天中秋節，要開祠堂，向祖宗行「朔望之禮」。賈珍還懷著前一夜的疑慮，細細注意祠堂裡裡外外，卻什麼也沒有發現，一切如常，沒有任何怪異之處。賈珍想或許是自己喝多了酒，聽到的是幻覺，也就丟過不提此事了。

然而作者確實要大家聽到那一聲長長的嘆息，如此清晰，就近在身邊。你若厲聲叱喝，那聲音就隨風越牆而去，留下一片祠堂門扇開了又闔的聲音。

那嘆息聲，會是作者自己的幻聽嗎？

十一

笛聲

那一個晚上，明月清風，賈母帶著眾人賞桂花、說閒話，忽然間
遠遠桂花樹下「嗚嗚咽咽，悠悠揚揚，吹出笛聲來。」
天空地淨，大家安靜下來，肅然危坐，聽了約莫有兩盞茶的時間。
那是我愛的《紅樓夢》的片段，只是笛韻，只是月光，只是桂花香氣襲人。

節氣過了寒露，忽然颼颼颳起東北季風來，連著下了幾天雨。一片一片銀灰色的雲，從河口湧進。雲翻霧捲，河對岸的山嶺、房舍忽隱忽現，知道都在，卻可以瞬息間不見，如同夢幻泡影。

氣溫陡降，我有些擔心河邊出生不久的小流浪狗，是否無恙？

對眾生的擔心憂慮，是否都是多餘的擔心憂慮？

近日讀《金剛經》，反覆思索「實無一眾生得滅度者」這一句經文。沒有一個眾生得到滅度……，反覆誦唸，好像沮喪哀傷，卻又知道：解脫，無非就是如此吧。擔心憂慮，其實無濟於事，也只是自己罣礙執著。

因為連日下雨，就窩在家中讀書寫字。

《紅樓夢》我有不同版本，有最通俗的大眾版本，封面是二十世紀六〇年代香港《紅樓夢》電影照片；有裝訂編排古典雅致的《乾隆甲戌脂硯齋重評石頭記》十六回殘稿。有些是少年時翻閱的；有些是逛舊書肆偶遇；有些純粹是為了裝幀的講究，適合向朋友炫耀。因為是殘稿，除了欣賞版本，其實反而很少拿來閱讀。

這些年，床頭經常放的是一套台灣藝文印書館重印上海有正書局的石印小字本《石頭記》。這一套書前面有乾隆年間進士戚蓼生的序，原本好像珍藏在南京圖書館，是館藏十大珍貴古籍，二〇一〇年十二月只展出過一天，我在網路上看到訊息，當然無緣見到。

台灣重印的版本，一共兩函，素藍布外封。每函六冊，手工線裝，典雅素樸。

這一套書，我常常放在床頭。因為十二冊線裝散冊，每一冊都很輕很薄，一冊七、八回，握在手中毫不費力。字體也大，歪在床榻上隨手翻閱，可以捲著看，隨看隨丟，一點也不費事。

大概年紀大了，不喜歡太沉重的東西，硬殼有重量會搬死人的大書，慢慢都疏遠了。這八十回的線裝《石頭記》，散漫自在，就一直陪在身邊。

窗外連夜都是雨聲，我就倚靠在枕上讀第七十六回。中秋的晚上，賈母帶領闔家大小賞月、賞桂花，聽笛聲隨風遠遠傳來，若有若無。

不知道為什麼，讀第七十六回，感覺到有諸般無奈，諸多惆悵。如此作興賞月，又如此百無聊賴。一家團圓，卻又處處顯得勉強。從七十五回到七十六回，大家為了討好賈母，讓老太太開心，賈政、賈赦、尤氏連說了三個笑話，卻都不好笑，場面尷尬荒涼。

賈母不願「散」去，然而一個一個走了，已經到了四更天，尤氏好心，想逗賈母開心，就說：「我也就學一個笑話，說與老太太解解悶。」

一個不會說笑話的人，一個不懂笑話的人，說起笑話是多麼可怕。尤氏說的笑話只有開頭：「一家子養了四個兒子，大兒子只一個眼睛，二兒子只一個耳朵，三兒子只一個鼻子眼，四兒子倒都齊全，偏又是個啞吧……」

中秋團圓的夜晚，尤氏說了一個殘缺恐怖的故事，「只見賈母已朦朧雙眼，似有睡去之態。」

不知道賈母是真的睡去了，還是假裝睡去？她或許不想聽尤氏這麼不好聽的笑話。笑話沒有講完，團圓的宴席要散了，賈母有點驚訝：「那裡就四更了？」

繁華總是恍惚，不管多久，也都只是一剎那。

賈母睜開眼，發現人都散了，只有探春還撐著。賈母說：「只是三丫頭可憐見的，尚還等著。」就跟探春說：「你也去罷，我們散了。」

賈母最後一句話像是讖語——我們散了。

然而那一夜的笛聲真美，是賈母特意安排的笛聲。賈母說：「如此好月，不可不聞笛。」

她就命人找來打十番的樂班，卻又說：「音樂多了，反失雅致……」就只揀選了笛子，又不要音樂太靠近，要吹笛子的人「遠遠的吹起來就夠了」。

賈母是有品味的，聽音樂，談色彩，衣飾打扮，她都不像一般暴發戶那樣「熱鬧到不堪」（寶玉語）。

那一個晚上，明月清風，賈母帶著眾人賞桂花、說閒話，忽然間遠遠桂花樹下「嗚嗚咽咽，悠悠揚揚，吹出笛聲來。」天空地淨，大家安靜下來，肅然危坐，聽了約莫有兩盞茶的時間。

那是我愛的《紅樓夢》的片段，只是在桂花叢下一縷一縷的笛韻，只是月光，只是桂花香氣襲人。但總覺得賈母心事重重，好像中秋團圓，高興喜悅，卻似乎是一次告別，她心裡要說的，是不是最後叮嚀探春的話——「我們散了」。

賈母聽了第一回笛音，覺得可以更好，就命人拿皇宮內造的瓜仁油松瓤月餅和一大杯熱酒，賞給吹笛子的人，也傳話說：「須得揀那曲譜越慢的吹來越好。」

單純只有笛子，在很遠的地方吹，選曲譜慢的調子吹，這是賈母的素養。

夜深了，鴛鴦擔心露水下來，風吹了頭，特意送軟巾兜和斗篷來，給賈母披上。

笛聲第二次從桂花叢裡起來，「嗚嗚咽咽，裊裊悠悠」，比第一次的笛聲更淒涼。

夜靜月明，笛聲悲怨，喝了酒，年老的賈母流下淚來。

眾人看到賈母感傷，就努力要讓賈母開心，因此不會講笑話的尤氏就講了四個殘缺兒子的故事。

小說寫到不像小說了，卻真是動人。彷佛作者陪著賈母落淚，那一個中秋的夜晚，天空地淨，風裡一陣一陣桂花的香，一縷一縷笛音，也彷佛還在作者回憶裡斷斷續續，若遠若近，若有若無。

十二

冷月葬花魂

中秋賞月的夜晚，賈母刻意安排全家族團圓，然而那團圓變得尷尬勉強。
或許賈母也縱容著年輕孩子逃開吧，湘雲逃開了，黛玉逃開了，
逃到明月倒影的水邊。湘雲說：寒塘渡鶴影。黛玉對了一句：冷月葬花魂。
青年們可以這樣逃開虛假的熱鬧，就有了如此美的詩句。

中秋夜晚的賞月席，賈母有點感傷，喝了酒，桂花叢裡一聲一聲緩慢的笛音，過了夜半，她發現孫子們都散了，只有探春還守著她。

賈母以為年輕孫子病的病，弱的弱，都熬不住，回去睡了。其實不然，黛玉和湘雲就都沒有回去睡。兩個少女偷偷離開賈母一大夥人，離開在高丘「凸碧山莊」賞月的眾人，下到水邊，看水中月，聽遠遠的笛韻，在「凹晶溪館」玩耍、聯詩。

年輕時許多人大概也一樣，總愛逃離大人，跟同年齡的夥伴悄悄溜去其他地方玩。

我喜歡《紅樓夢》作者對少年們的縱容，他們不是不喜歡賈母，他們有時想要獨享自己青春的孤獨。

儒家的傳統要求把青年跟家族綑綁在一起，君君臣臣，父父子子，年輕人沒有獨自走出去的可能。

然而《紅樓夢》這麼縱容青年的孤獨，像中秋賞月的那一個夜晚，賈母刻意安排全家族團圓，然而那團圓變得尷尬勉強。賈赦說笑話，竟然說起一個老太太生病，針灸的婆子拿針要醫治心臟，卻針針都扎在肋條上，兒子問：肋條離心臟甚遠，怎麼針扎的位置這麼偏？婆子卻說：天下父母心偏的多呢。

可以想像，兒子賈赦在母親面前說這樣的笑話，賈母是何感覺？一家團圓，兒子在母親面前說出這樣的笑話，大概也沒人笑得出來。

我如果還年輕，一定也不耐煩這樣虛假的團圓吧。

真高興作者讓湘雲、黛玉兩個少女逃掉了，她們為什麼要讓自己的青春浪費在這樣無意義的團圓上？

華人的儒家傳統如果沒有覺悟，虛偽、徒有其表的倫理沒有意義，有一天青年們就會像中秋夜晚的湘雲、黛玉，全都遠遠跑開。

年紀大了，應該提醒自己，不要把年輕人綁在身邊。年輕人有自己的世界，應該讓他們海闊天空，獨自去創造自己的世界。

《紅樓夢》有兩個重要的主旨，一個是為女性發聲，一個是為青年發聲，在寫作當時都是有點離經叛道的主張，明顯反儒家的傳統。

賈寶玉對抗父權，他在父親面前連笑話都不敢講。中秋夜晚團圓家宴，賈政講完一個骯髒又噁心的笑話，行令的鼓聲繼續，花恰好傳在寶玉手中停住，該寶玉講笑話，但父親在座，寶玉如何也講不出來，賈政就命兒子限「秋」字韻，即景作一首詩。

家族間的關係變得如此虛假，卻又處處要維持著父父子子冠冕堂皇的倫理表象。《紅樓夢》的作者就戳破這層假面，讓讀者看到儒家倫理掩蓋下真實的面目。

史湘雲是有個性的少女，她不會耐煩團圓家宴這樣虛偽的敷衍。林黛玉本性就鄙棄世俗中的人際關係，討厭熱鬧，自然也不會有興致這樣浪費自己的生命。

薛寶釵聰明世故，前一個晚上抄檢大觀園，第二天一早，她立刻去見李紈，說母親病了，要搬出大觀園，回家照顧母親。

大觀園已經被汙染了，抄檢大觀園當天晚上，王熙鳳還特別交代：不可以搜檢親戚家，所以避開了蘅蕪院，可是薛寶釵還是立刻知道了。她的個性是「事不關己不開口」，她不要攪在是非裡，立刻決定遠離是非之地。

薛寶釵用母親生病為由，李紈當然知道是藉口，坐在旁邊的尤氏也知道是藉口，大家心照不宣，李紈「只看著尤氏笑，尤氏也只看著李紈笑。」《紅樓夢》許多委婉的細節，都不直說，有心人便如此會心一笑。

薛寶釵的世故，我也會心一笑，她的人生如此通達圓（滑）融，絕不跟別人衝突，也不撕破臉，她跟每個人都好，其實她也絕對無情，不想跟任何人有瓜葛。她的人生只是時時處處衡量當下的利弊，能脱身就脱身，不讓自己陷入糾纏麻煩。

作者看每一個人的生命處境，了解每一個人的生命嚮往，沒有褒貶，沒有結論，他帶著讀者進入如此廣闊的世界，像在大觀園裡看百花盛放，每一種生命都有自己完成自己的方式。我們可能剛欣賞完寶釵做人的委婉圓融，讚歎她處事的細緻謹慎，作者就安排了探春出場，對比出完全不同的個性。

十五歲上下，探春有自己的生命信仰，她敢做敢當，絕不敷衍躲閃。前一個晚上抄檢大觀園，她表現出非凡的擔當，不讓肆無忌憚的王善保家的抄檢她的丫頭，她也一巴掌打了興風作浪的王善保家的。

探春傷心憤怒，看到自己家族不可救藥地走向衰亡，說出「自殺自滅」這樣沉痛的話。薛寶釵剛說完要搬出大觀園，李紈看尤氏笑，尤氏看李紈笑，大家都不直說。探春來了，她一聽薛寶釵要搬出去，即刻回答：「很好。」還加了一句：「不但姨媽好了還來的，就便好了不來也使得。」

這樣直接了當的話，薛寶釵不會說，李紈不會說，尤氏不會說，只有探春火辣辣說出來。

尤氏還打圓場說：「怎麼攆起親戚來了？」探春說得更白：「有叫人攆的，不如我先攆！」我喜歡探春接下來說的：「親戚們好，也不在必要死住著才好。」這是探春，她對家族「團圓」的假象沒有嚮往，雖然中秋的夜晚，最後還是她負責任地守著賈母。

所以，或許賈母也縱容著年輕孩子逃開吧，史湘雲逃開了，林黛玉逃開了，逃到明月倒影的水邊。史湘雲說：寒塘渡鶴影。林黛玉對了一句：冷月葬花魂。

青年們可以這樣逃開虛假的熱鬧，就有了如此美的詩句。如此美，也如此孤獨，青春的詩句必然如此。

十三

王夫人啊……

《紅樓夢》越看到後面，越隱隱約約透露出「母親」的可怕。
這個「母親」，要把唯一的兒子抓在手中，
懷疑每個丫頭都要染指，便日日夜夜做著噩夢，
噩夢使她抓狂，她其實已經是某種程度的精神病患吧。

王夫人，賈寶玉的母親，也許是《紅樓夢》裡極其值得研究的一個角色。如果有敏銳的心理學家，或許能從王夫人身上，找出華人傳統「母親」這一角色一種根深蒂固的心理「情結」吧。

二十世紀初，維也納的心理學派在佛洛伊德（Sigmund Freud）的研究下，發展出人類潛意識的研究。潛意識（sub-consciousness）是潛藏在心理底層的一種活動，往往當事人自己也無法意識到。

人，常常不知道自己會偽裝。在現實世俗壓力下，人很脆弱，我們會向自己說謊，謊言也是保護。

每個人都有表象的心理活動，但是佛洛伊德發現表象的底層，潛藏著不為人知的心理狀態，他稱之為「情結」（complex）。「情結」積鬱在心裡，自己意識不到，日積月累，可能變成在晚上睡眠中重複出現的夢。佛洛伊德著名的研究報告《夢的解析》，正是針對許多「夢」的個案做分析。

為什麼一個精神病患長期夢到蛇？為什麼另一個精神病患重複夢到自己掉進黑暗的坑洞？

佛洛伊德用夢來解析精神病患，其實，每一個人或許是不同程度的「精神病患」。

我們聽一個朋友敘述他做的夢，會替他解釋，分析夢中情境。做夢者自己也會解釋，覺得可能是什麼徵兆。但是，「夢」是一種偽裝，「蛇」是偽裝，「坑洞」是偽裝，做夢者自己的解釋，也可能是偽裝。

人活在許許多多的偽裝中，自己並不知道。如同我們說了許多謊言，卻不知道自己在說謊。我們意識不到自己「說謊」，「謊言」就都深藏在潛意識中。

《紅樓夢》裡的王夫人，從表象的活動上看，是一個標準「慈悲」的「貴婦人」。她日日吃齋念佛，定時捐錢給寺廟道觀，一向不疾言厲色，也絕不傷害眾生。

但是，《紅樓夢》裡好幾次看到這個慈悲善良的貴婦人，忽然抓狂似地懷疑起丫頭，特別是長得好看的丫頭，覺得這些丫頭都是狐狸精，暗地裡在勾引誘惑她的兒子賈寶玉。

王夫人一旦抓狂起來，完全不能控制，會忽然變得殘酷無情，講出極其粗魯侮辱人的髒話，使出凶狠殘厲的手段，跟平常的「王夫人」判若兩人。

《紅樓夢》第三十到三十三回，王夫人就曾經懷疑丫頭金釧勾引兒子寶玉，大罵「下作小娼婦」這樣難聽的話，打了金釧一巴掌，把金釧攆逐出去，致使金釧跳井自殺身亡。

到了七十回以後，她又開始懷疑寶玉身邊的眾多丫頭，長得好的一個數晴雯，就被王夫人一口咬定是狐狸精。第二個是蕙香（四兒），因為跟寶玉同一天生日，寶玉小孩子口無遮攔，說同日生日有夫妻緣，話傳到王夫人耳裡，也當成不得了的大事，蕙香也被逐出了大觀園。第三個是芳官，原是梨香院唱戲的女孩兒，長得漂亮，人也活潑，寶玉喜歡她男裝打扮，給她取了一個小胡僮的名字「耶律雄奴」，這事也傳到王夫人耳中，王夫人說：「唱戲的女孩子，自然是狐狸精了！」芳官也被趕出去。

第七十七回，一連驅趕了三個兒子身邊的丫頭，王夫人好像鬆了一口氣，覺得狐狸精都被趕走，兒子應該沒有人帶壞了，她說了一句：「這才乾淨……」

王夫人沒有懷疑看起來「笨笨的」襲人，但是讀《紅樓夢》都知道，小說一開始，才第六回，寶玉就跟襲人上了床，襲人是這個小少爺第一個有性關係的丫頭。

所以，這個「慈悲」、「吃齋」、「念佛」，不忍心傷害眾生的貴婦人，一回到「母親」的角色，一碰到兒子身邊的丫頭，特別是長得好看的丫頭，她即刻就抓狂起來，自己也不知道，為何突然失去了理性。「抓狂」使她的判斷都錯了。

佛洛伊德很有名的案例，是他解析了希臘古老的神話故事「伊迪帕斯王（Oedipus

the King）」。他依據這個家喻戶曉的故事，分析了人類潛意識裡隱藏的「戀母情結（Oedipus complex）」。

伊迪帕斯剛出生，父母為他求神諭，結果卜到「殺父娶母」的籤。這個剛出生的嬰兒，背負了沉重的詛咒，將來長大，會殺死父親，娶母親為妻。

這樣的神咒，當然讓父母恐懼，就把嬰兒遺棄在曠野中。結果，嬰兒被鄰國的國王皇后養大，長大後再次求神諭，結果還是「殺父娶母」。他不知道父母不是親生，不願傷害父母，因此逃離國土，四處流浪。歷經歲月流轉，伊迪帕斯又回到自己的出生地，完全如神諭所說，遇見不認識的父親，殺死了父親，娶了親生母親為妻，生了四個孩子。

這個古老的希臘悲劇，久演不衰，至今仍是名劇。但是，佛洛伊德指出了人類天性中男孩子與母親的潛意識依戀關係，也指出了男孩子潛意識裡對父親的敵對關係。潛意識，是自己無法知道的心理深層活動，會藉著夢出現，會在看戲、看小說時流露出來，得到紓解。

兩千多年來，大眾看伊迪帕斯王的悲劇，感嘆、流淚、哀傷，然而大眾不一定知道，我們被感動，我們流淚，是因為潛意識的部分被觸動了。

所以，王夫人是《紅樓夢》作者不能說、不敢說的情結嗎？

這個王夫人，正是作者的「母親」，華人儒家傳統，絕不敢批判母親，絕不敢說母親殘忍凶狠，但是《紅樓夢》越看到後面，越隱隱約約透露出「母親」的可怕。這個「母親」，要把唯一的兒子抓在手中，懷疑每個丫頭都要染指，便日日夜夜做著噩夢，噩夢使她抓狂，她其實已經是某種程度的精神病患吧。

作者冷靜書寫，因為對象是「母親」，他的書寫委婉迂迴，欲言又止，讓讀者讀不出嚴厲的批判。

十四

交換內衣

晴雯脫下貼身紅綾襖，交給寶玉，又說：「快把你的襖兒脫下來我穿……」
她與一直清白無垢的身體交換了內衣，也交換了體溫。
《紅樓夢》裡最驚心動魄的畫面，就是晴雯臨終的儀式——
晴雯與寶玉交換內衣。晴雯在死亡前，自己作主，與寶玉結為永世的伴侶。

《紅樓夢》第七十七回，晴雯從病床上被拖起來，趕出了大觀園。

賈寶玉的母親王夫人，認定了這個「長得好」、「口齒伶俐」的丫頭是勾引他兒子的「妖精」，不顧晴雯生著重病，硬從床上拉了下來，逐出大觀園。

大觀園是青春王國，大觀園原本是偽善的儒家道德汙染不到的淨土。現在王夫人來了，用道德偏見的眼睛檢查監視兒子身邊的每一個少女，特別是「長得好」、「口齒伶俐」、「聰明能幹」的少女。

襲人沒有被驅逐出去，她說：「像我們這粗粗笨笨的倒好。」襲人笨嗎？或許她只是在儒家偽善的世界懂得生存和保護自己的人。小說一開始，襲人就跟剛發育的青少年賈寶玉發生了性關係，但她掩飾得很好，成為王夫人派在大觀園的眼線。她每個月有二兩銀子「特別機要費」，隨時向王夫人打小報告，通報哪個丫頭不正經。

然而王夫人不知道，跟她兒子上了床的，正是襲人。所以，真正「笨」的也許是王夫人。

她厭惡晴雯「漂亮」、「聰明」、「能幹」，這三個特點，都違反王夫人「偽善」的標準。

儒家的世界，人要「笨笨的」，不笨也要裝笨，才能存活下去，不受攻擊。

晴雯被驅逐之前是司棋，迎春的丫頭，因為私自跟表哥潘又安約會，又抄檢到她跟表哥的私密情書。司棋如此敢「愛」敢「恨」，讓「偽善」的倫理大為不安，王夫人就把司棋「賞了她娘配人」，意思是說：不用還錢，簽了賣身契的少女還給她母親，隨便找個車伕、門房配婚。

這就是王夫人的「道德」，男大當婚，女大當嫁，但不可以私自談戀愛。

司棋被驅趕時很慘，幾個婆子死命催她快走，她遇到寶玉，寶玉心痛，央求多留一會兒，婆子不准，拉著司棋就走。寶玉無奈，指著婆子說了一句瘋狂的話：「奇怪，奇怪！怎麼這些人只一嫁了漢子，染了男人的氣味，就這樣混帳起來，比男人更可殺了！」

這個青少年口中的瘋話，好像是講婆子，其實更是在講自己的母親王夫人吧。「染了男人的氣味」，作者是說：幫助父權建立偽善道德的婦人們吧。

司棋才被驅逐，寶玉就聽說母親已經到了怡紅院，要晴雯的哥哥嫂嫂來把她領出去。寶玉急急忙忙趕回去，母親已經坐在屋裡，一臉怒色。這個平日吃齋念佛、和善仁慈的貴婦人發飆了，露出殘酷恐怖的面容。

作者回憶著那一天跟晴雯的告別，他如此寫著：

晴雯四五日水米不曾沾牙，懨懨弱息。如今現從炕上拉了下來，蓬頭垢面，兩個女人才架起來去了。

那是作者最難堪的回憶嗎？如此心如刀割，如此痛貫心肝，然而在母親盛怒面前，他無一言語。

「心比天高，身為下賤。」這個青少年，記得他在太虛幻境看到的一首判詞，記得那是他翻開的第一個命運的帳冊，不是林黛玉，不是薛寶釵，不是貴為皇妃的元春，而是晴雯。一個「身為下賤」的丫頭，卻如此一清如水，有自己生命的尊嚴，在遭受誣陷蹂躪時，也不發一語，比殘害她的王夫人要高貴許多。

晴雯是被剝得乾乾淨淨走的，王夫人下令，只給她貼身衣服，其餘的好衣服都分給「好丫頭們」穿。

很難想像日日吃齋念佛的王夫人如此殘忍，如此逼人走上絕路。

賈寶玉問襲人：「我究竟不知晴雯犯了何等滔天大罪？」襲人說：「太太只嫌她生的太好了……」

寶玉善良無心機，但他第一次懷疑了襲人，襲人又解釋：「在太太是深知這樣美人似的人必不安靜……」

是的，儒家的倫理，美是罪惡，美必須壓抑在「善」之下，然而大部分的「善」卻已是「偽善」了。

晴雯走到「心比天高」的絕路上，最後的時刻，只有寶玉身上脫下來的衣服的餘溫陪伴。

晴雯之死是不忍卒睹的畫面，賈寶玉私自買通管門禁的人，私自逃離大觀園，私自到晴雯家探視。

寶玉掀開草簾進去，見晴雯一個人，沒有人照看，躺在「蘆席土炕」上。寶玉含淚叫喚，晴雯醒轉，一把「死攥」住寶玉的手，說：「我只當不得見你了。」

晴雯要寶玉倒半碗茶喝，說渴了半天，叫不到人。寶玉是少爺，動手侍候丫頭，他看茶碗不像茶碗，茶不像茶，晴雯催他：「快給我喝一口吧，這就是茶了。」

晴雯喝完茶，做最後的事，她剪斷兩根指甲，脫下貼身紅綾襖，交給寶玉，又說：「快把你的襖兒脫下來我穿……」

在臨終的時刻，她與一直清白無垢的身體交換了內衣，也交換了體溫。

我在高雄講了四年《紅樓夢》，來上課的多是各行各業市井小民，上完八十回，期終結業儀式，我得到一件禮物，是一條大紅色內褲，上面簽滿上課者的名字。四年，對他們而言，或對我而言，都是生命裡不能遺忘的一段時光，也是緣分。他們一定讀懂了，《紅樓夢》裡最驚心動魄的畫面，就是晴雯臨終的儀式——晴雯與寶玉交換內衣。晴雯在死亡前，自己作主，與寶玉結為永世的伴侶。

晴雯也叮囑寶玉，回去別人看見內衣，也不用撒謊，「就說是我的」。

在巨大的世俗偽善結構裡，《紅樓夢》書寫了幾個敢愛敢恨的青年。

《紅樓夢》被認為是寫「貴族」的書，但是，貴族或許不會跟「身為下賤」的丫頭交換內衣吧，《紅樓夢》的書寫或許是在「顛覆貴族」。

我們一生，有幾個可以交換內衣的肉身緣分嗎？

十五

燈姑娘

讀「燈姑娘」一段，知道作者有那麼大的悲憫，才能使慈悲化淫欲出現。

「情既相逢必主淫」，小說一開始，警幻仙姑就如此告誡少年。

「警幻」在生死交關的時候又出現了嗎？

她化身成「燈姑娘」，來給少年一題生離死別的「考試」嗎？

《紅樓夢》第七十七回，晴雯重病中被攆，逐出大觀園。賈寶玉心痛如絞，母親盛怒下不敢聲張，私下買通守門婆子，獨自跑到晴雯家探視。

寶玉掀草簾進去，晴雯躺在病床上，已是奄奄一息。寶玉心肝摧痛，生死纏綿。性命交關之時，忽然跑出一個辣姐「燈姑娘」，看到如「寶」似「玉」的花美男，喜出望外，這「燈姑娘」不顧旁邊將死的晴雯，一把將寶玉摟在懷裡，動手動腳，即刻就要性侵。寶玉平日多情，但碰到這種事，霎時嚇到面無人色。

《紅樓夢》這一段，作者如此大膽寫法，在文學創作上不多見，驚天駭地，令人歎為觀止。

很少人談這個「燈姑娘」。「燈姑娘」究竟何許人也？作者安排這個母色狼型的淫蕩女人在此時出現，對比晴雯之死，似乎大有深意。

這燈姑娘的出現似乎突兀，卻真是作者神來之筆。

晴雯沒有父母，是一個孤兒。大約十歲，被賈府管家賴大家的用銀子買來收養，晴雯因此常常跟賴大家的到賈府。因為長得標緻漂亮，聰明伶俐，賈母很喜歡她，賴大家的就把晴雯「孝敬」給了賈母。

賈母身邊的丫頭經過調教，都能幹得體，像一直留在她自己身邊的鴛鴦，細心忠誠，賈母的事無不打點得妥妥貼貼。用今天的眼光來看，鴛鴦是最優秀的秘書或特別助理。

鴛鴦受賈母重視，卻也絕不狐假虎威，藉此張揚。反而處處謙遜內斂，不招惹是非，待人也特別寬厚。司棋在花園私自約會愛人一事，被鴛鴦撞見，她知道人命關天，不但替司棋遮掩，也怕司棋心中驚怕，特別跑去要司棋放心，好好養病。鴛鴦處事精明幹練，卻不嚴厲苛薄。

《紅樓夢》中作者極力描寫的女性，不一定是貴婦小姐，常常反而是「身為下賤」的丫頭。鴛鴦的安分守己，鴛鴦的大是大非，做人的寬厚無私，王熙鳳就遠遠比不上。王熙鳳精明，但霸氣凶悍，忌恨狠毒，有權貴家千金的傲慢。賈母身邊的鴛鴦，在《紅樓夢》作者筆下，無論做人處事，遠遠超過王熙鳳甚多。

鴛鴦之外，賈母還調教出襲人、晴雯、紫鵑幾個丫頭。因為疼愛孫子，就把紫鵑派去服侍黛玉，晴雯、襲人就派去照顧寶玉。因此我常開玩笑說，賈母是大觀園的「人力訓練中心」，她訓練出的丫頭每一個都卓越傑出。

賈母的兒媳婦王夫人卻遠沒有賈母聰明幹練，不會看人，不惜人才，晴雯只因為長得好、聰明、口齒伶俐，王夫人害怕，就攆逐了晴雯。賈母下一代如此不懂管理，活該走向敗亡沒落。

晴雯因為是老太太原來訓練的人，晴雯死後，王夫人必須特別向婆婆賈母報告，說晴雯得「女兒癆」死了。賈母惋惜，說了一句：「晴雯那丫頭我看她甚好……」

賈母當然不會為了一個丫頭責備王夫人，但賈母事事經心，又有公正的鴛鴦在身邊提點，她不會不知道王夫人庸懦無才，忌恨多疑，不會訓練人，也不會用人，賈家也因此一再出大問題。賈母身邊像晴雯這樣的幹才，一到王夫人眼中就是「狐狸精」，主管庸懦多忌，下屬一定倒楣，晴雯就死在王夫人這種愚庸主管手中。

晴雯沒有親人，只有一個姑舅哥哥，是個屠戶，庖宰維生，也很貧窮。因為晴雯關係，也進了賈府幫傭。這個姑舅哥哥就是賈府廚役打雜的「多渾蟲」。聽他的外號，大概也就知道他的模樣了。「多渾蟲」一進賈府，日夜買醉，昏天黑地，除了喝酒，諸事不管。「多渾蟲」娶了一個美色的女人，就是「燈姑娘」。

因為「多渾蟲」只認喝酒，老婆也不管，「燈姑娘」就跟賈府上上下下的男人都搞上一腿。「多渾蟲」也知道，卻不在意，只管繼續喝酒，這「燈姑娘」便越發「恣情縱慾」。作者有趣，說她「滿宅內便延攬英雄，收納材俊，上上下下竟有一半是她考試過的。」

用「考試」形容「燈姑娘」跟男子的性愛關係，彷彿「燈姑娘」像一名高手老師，要用「性愛」調教度化她的考生。

所以，難得機會，她覺得上天送了賈寶玉來，因此不顧死活，就霸王硬上弓，要給寶玉「考試」了。

晴雯、寶玉生離死別之際，燈姑娘遊戲歸來，她一闖進來就跟寶玉說：「看我年輕又俊，敢是來調戲我麼？」

燈姑娘二話不說，把寶玉拉到裡間，「坐在炕沿上，卻緊緊的將寶玉摟入懷中。」寶玉沒見過這等場面，「滿面紅漲，又羞又怕」，說了一句：「好姐姐，別鬧！」

人的兩件大事——性與死亡，同時糾纏交錯在這少年面前。他的修行要通過性，也要通過死亡，「燈姑娘」在他生死情愛糾纏不解時，突然用如此赤裸裸的「性」，讓他手足無措。

密宗的佛菩薩都能顯忿怒相、憂愁相，也能像「空行母」，以性器官修行，顯淫欲相、殘酷相嗎？

讀「燈姑娘」一段，知道作者有那麼大的悲憫，才能使慈悲化淫欲出現。「情既相逢必主淫」，小說一開始，警幻仙姑就如此告誡少年。「警幻」在生死交關的時候又出現了嗎？她化身成「燈姑娘」，來給少年一題生離死別的「考試」嗎？

「燈姑娘」的「考試」，寶玉全盤皆輸。「燈姑娘」看寶玉不行，嘲笑寶玉：「空長了一個好模樣兒，竟是沒藥性的炮仗……」花美男在「燈姑娘」淫威下，「考試」一敗塗地。

燈姑娘放過寶玉，寶玉纏綿不去，晴雯下狠心，用被子蒙了頭，寶玉如何叫都不理，他才絕望走了。

生死交關，是要如此絕情的。

這一天，少年「淫」、「情」二事都考零分，但他開始修行了。

十六

芳官出家

寶玉、芳官兩小無猜，美好的青春歲月，卻遭王夫人有色眼光忌恨，
硬生生拆散，把「唱戲」跟「狐狸精」劃了等號。
芳官被攆逐了，連帶大觀園裡唱戲的女孩兒們一起遭到驅趕。
大觀園從此沒有了歌聲。

《紅樓夢》第七十七回，寫芳官、藕官、蕊官三個戲班女孩子的出家，讓人想起十二個唱戲的女孩子，如今要分別離散了。這十二個女孩子，都用「官」字命名，她們是：寶官、文官、茄官、艾官、玉官、齡官、芳官、葯官、蕊官、藕官、荳官、葵官。

小說第十六回，嫁進皇室的元春要回家省親。省親要看戲，但皇家身分，可不能隨便請外頭戲班。因此派賈薔下姑蘇，採買了十二個女孩，大約都是九到十一歲窮人家的孩子，交由教習老師訓練，分出生旦淨末丑不同角色，每日練功，練身段，吊嗓子，學戲。

這十二個戲班女孩兒，後來遷進梨香院去住。梨香院比較獨立，十幾間房舍，戲班的女孩住在一起，感情親密。日日練功學戲，是一個貴族私人豢養的職業戲班。

第二十三回，林黛玉閒逛，經過梨香院牆角邊，聽到牆內「笛韻悠揚，歌聲婉轉」，就是那十二個女孩子正在演習戲文。黛玉原本並不經心，一路往前走，卻突然「兩句吹到耳內，明明白白，一字不落」，那幾句就是《牡丹亭》裡杜麗娘唱的著名唱詞：「原來奼紫嫣紅開遍，似這般都付與斷井頹垣。良辰美景奈何天，賞心樂事誰家院？」

除了學戲演戲，第三十回也寫到這十二個女孩玩耍的一個片段。那是端午節前一天，戲班放假休學，書中說「那文官等十二個女子都放了學，進園來各處玩耍。可巧小生寶官、正旦玉官兩個女孩子，正在怡紅院和襲人玩笑，被大雨阻住。」

這一段很短，但大概透露了梨香院這十二個女孩，平日練功練唱，有教習老師鞭策，有乾娘監管約束，像被囚禁在梨香院的囚犯，很少有自由閒逛的機會。因為要過端午節，停了課，她們才有空閒放出來，跑進大觀園來玩。

《紅樓夢》裡談戲談得較多的，是在第五十四回。賈母請薛姨媽、李嬸聽戲，那也是芳官第一次被介紹出場。芳官那一天唱的是《牡丹亭》裡的〈尋夢〉。

賈母很懂戲，要求戲班撤去鑼鼓笙笛等複雜樂器，只用管簫伴奏。撤去鑼鼓喧譁，她引導大家靜靜品味欣賞少女們優美的咬字行腔。

文官聰慧謙遜，她說：「我們的戲自然不能入姨太太和親家太太姑娘們的眼，不過聽我們一個發脫口齒，再聽一個喉嚨罷了。」她說「發脫口齒」，就是青春初學戲的清新，還沒有沾染世俗職業演員的油滑吧。

大家都稱讚文官說話得體，賈母也特別解釋：「我們這原是隨便的玩意兒，又不出去做買賣，所以竟不大合時。」

賈府戲班有嚴格的職業訓練，但沒有賣票討好觀眾的商業壓力，因此也沒有匠氣，經賈母內行者調教，就排演出優雅精緻的戲。

賈母那天點了芳官的〈尋夢〉、葵官的〈惠明下書〉。葵官唱淨角，原要勾臉，賈母也指導說：不用抹臉。

賈母不僅懂戲，也懂創作變通，自由活潑，不會墨守成規。〈尋夢〉、〈下書〉唱完，大家都驚異，原來戲可以只用簫管配，效果如此好。

賈母是好觀眾、好聽眾，其實也是一個好導演。她是比王夫人能賞識這些唱戲女孩兒的。

賈母談到《西樓・楚江晴》，告訴大家，那一齣戲，小生唱腔就只用簫管和。賈母那一天高興，談起自己娘家以前有一班小戲，有彈琴的樂師湊了來，單用琴音配《西廂記》的〈聽琴〉、《玉簪記》的〈琴挑〉、《續琵琶》的〈胡笳十八拍〉。賈母那一天透露了她對戲曲的內行精通，也是明清戲劇史的第一手資料吧。

賈母愛戲，懂戲，也疼這些唱戲的孩子們。但到了第五十八回，因為皇室一位老太妃逝世，朝廷通令守國喪。國喪期間，不得宴樂看戲，「各官宦家，凡養優伶男女者，一概蠲免遣發。」賈府世代官宦，自然不敢違抗朝廷命令。

這件事原來交由賈珍太太尤氏處理。尤氏覺得，這十二個女孩子當初是買來的，如果不唱戲了，人其實還可以留著使喚。但她不敢作主，還是稟報了王夫人，看如何處理。

王夫人對唱戲的女孩子是有偏見的，她說：「這學戲的倒比不得使喚的，她們也是好人家的兒女，因無能賣了做這事，裝醜弄鬼的幾年。如今有這機會，不如給她們幾兩銀子盤費，各自去罷。」

按照王夫人的意思，對唱戲的女孩，還是花一點遣散費，打發了好。她用「裝醜弄鬼」比喻學戲，對唱戲的女孩子有歧視，也有提防、疑慮。

這些唱戲女孩知道又會被轉賣，胡亂嫁人，或淪入妓院，有一大半不願離去。因此，最後只有齡官、寶官、玉官三個走了，菂官已死，剩下八個女孩子，就由賈母作主，分派到各房去做丫頭。

賈母分派八個唱戲女孩兒，到各房去轉任丫頭，《紅樓夢》寫得很仔細：

賈母便留下文官自使，將正旦芳官指與寶玉，將小旦蕊官送了寶釵，將小生藕官指與了黛玉，將大花面葵官送了湘雲，將小花面荳官送了寶琴，將老外艾官送了探春，尤氏便討了老旦茄官去。

賈母的分配，作者如此細寫，也許有隱喻的意義。她把正旦芳官指與最疼愛的孫子寶玉，顯然暗示了賈母也疼愛芳官。芳官漂亮伶俐，但也十分調皮，不服無理的管教。賈母眼中，似乎沒有對唱戲女孩子有任何歧視偏見，也似乎還特別賞識有點頑皮的芳官。

這些唱戲出身的丫頭，跟其他奴僕不同，對於刺繡縫補針線，乃至於飲食起居的侍候安排，一概不會。她們成為大觀園中一種「異類」，既不是主人，不是千金小姐，身分是奴婢，但又做不了奴僕的工作。多年學戲，在舞台上愛恨生死纏綿，正旦芳官在台上多飾演嬌滴滴的小姐，一時也回不來，很難過正規的世俗人生。

《紅樓夢》作者寫這幾個唱戲的女孩子，有特別的諒解、惋惜、悲憫、疼愛。

寶玉寵芳官，給她做男裝打扮，給她取胡人小廝名字「耶律雄奴」，又給她取有趣的法蘭西外國名字「溫都里納」，處處顯示出寶玉和芳官如同一對相知相惜的少年玩伴。

第六十三回〈壽怡紅群芳開夜宴〉，那一個晚上，被描述得最多的是芳官。她的打扮，她的青春明亮，她的天真爛漫，都是小說裡令人難忘的畫面。作者仔細描寫了芳官的身上穿著、頭上髮式，甚至兩耳垂飾的不同。也描寫寶玉和芳官坐在一起，眾人都被他們的美驚動，說了一句：「他兩個倒像是雙生的弟兄兩個。」

那一晚芳官唱了〈賞花時〉，歌聲青春婉轉。喝醉了酒，襲人扶她睡在寶玉身旁，與寶玉同榻而眠。作者寫得一清如水，沒有一點男女邪念。

寶玉、芳官兩小無猜，美好的青春歲月，卻遭王夫人有色眼光忌恨，硬生生拆散。

芳官早已在王夫人的黑名單中，五十八回芳官為了洗頭跟吝嗇的乾娘吵鬧，五十九回跟趙姨娘大打出手，都有人給王夫人打小報告。芳官跟寶玉在一起，像一對兄弟，他們玩得不亦樂乎，只是少年們的好玩。但是傳到王夫人耳中，就變成大逆不道的醜聞。

七十七回王夫人突襲怡紅院，嚴厲地問：「誰是耶律雄奴？」芳官就倒楣了。芳官出面承認，王夫人就說了她的名言：「唱戲的女孩子，自然是狐狸精了！」

王夫人入人於罪，罪名都很奇怪，晴雯漂亮是罪，口才好是罪，穿著打扮好看也是罪。四兒的罪，是因為跟寶玉同一天生日；至於芳官，她的罪名就是「唱戲」。

把「唱戲」跟「狐狸精」劃了等號，這也是王夫人頭腦裡諸多「噩夢」之一吧。

芳官被攆逐了，連帶大觀園裡唱戲的女孩兒們一起遭到驅趕。大觀園從此沒有了歌聲。

王夫人要芳官的乾娘領去，或賣、或嫁人。芳官不願受此侮辱，執意出家做尼姑，藕官、蕊官也堅持出家，一起離開大觀園。

書中說，水月庵的智通「拐」走了芳官，地藏庵的圓信「拐」走了藕官、蕊官。作者用「拐」這個字，顯然說明水月庵和地藏庵都不是真正的清淨佛門。這三個青春少女，被「拐」進寺廟，像又落入另類人口販子手中。

作者眼看著信佛虔誠的王夫人，把三個唱戲女孩子推進火坑。

十七

媠嫿詞與芙蓉誄

應該如何看待纏夾在〈媠嫿詞〉與〈芙蓉誄〉之間奇妙詭異的
「真」與「假」？我認真回頭了，回頭省思我少年時
對這兩篇祭悼女性文字的忽略與偏見。《紅樓夢》是可以一讀再讀的書，
我們一讀再讀，是慢慢理解自己和作者都在修行途中。

《紅樓夢》第七十八回是詭譎的一章書寫。最早讀此回，年紀尚小，十幾歲，剛迷戀讀現代小說。讀到〈姽嫿詞〉，少年寶玉被父親逼著在他討厭的幕客（虛偽知識分子）面前寫詩，裝腔作勢，祭悼一個莫名其妙戰死的女人「姽嫿將軍」。

賈寶玉曾經直說對儒家誇耀的「文死諫、武死戰」的反感，一個女人也學男子「盡忠」，還要寫詩褒揚，這篇洋洋灑灑的〈姽嫿詞〉（姽嫿音同鬼話），當然是作者有意對假道學的反諷。

第七十八回，晴雯剛死，晴雯剪斷指甲，交換內衣，夾著燈姑娘的淫慾，都是《紅樓夢》鮮活的文學書寫。一下子跳到應酬敷衍的〈姽嫿詞〉，虛偽做作，讓人讀起來很不耐煩，甚至想匆匆跳過。

敷衍〈姽嫿詞〉之前，賈寶玉知道晴雯已死。追問死時情狀，小丫頭說：「晴雯姐姐直著脖子叫了一夜……」寶玉追問：「一夜叫的是誰？」小丫頭回說：「一夜叫的是娘。」寶玉痴傻執著，繼續追問：「還叫誰？」

另一個丫頭反應快，就胡謅騙寶玉，說晴雯死前問到：寶玉哪去了？寶玉當然信以為真。這丫頭就繼續瞎掰：晴雯不是死，是去做了花神。寶玉開心，他一向覺得每一個少女都是一種花。寶玉還追問細節：「是做總花神去了，還是單管一樣花的神？」寶玉痴迷，小丫頭繼續一路說謊，剛好舊曆八月，芙蓉盛開，小丫頭就說：「她就是專管這芙蓉花的。」

《紅樓夢》的作者擅長把心腸絞痛的真實悲劇，跟胡謅瞎掰的搞笑謊言錯雜在一起。假作真時真亦假，他的書寫讓悲劇和喜劇元素交織，分不清淚或笑，分不清悲痛還是嬉謔，混雜迷離成哭笑不得的荒謬感。

小丫頭的胡謅，寶玉全都信以為真，因此應酬完父親的〈姽嫿詞〉，便逃回自己房中，敬備了祭品，焚香默禱，對著一片盛放的芙蓉花祭悼晴雯，寫下了〈芙蓉女兒誄〉。一千三百字的長篇祭文，仿楚辭文體，一個接一個的典故，詞藻也極盡堆砌鋪排。

我年輕時，參加長輩葬禮，最痛恨祭弔文體。唸祭文的人，往往只有開頭「維中華民國XX年」勉強還聽懂，接下來咕咕噥噥，一長大串，就完全不知道在講些什麼，也不知道這些詞藻堆砌，跟一個躺在那裡的屍體有任何關係。

八股祭文，像是死透的屍體，連餘溫都沒有了，如何安慰生者，如何啟迪生者。〈芙蓉女兒誄〉仿祭文文體，四平八穩，形式對仗，音律工整，也讓當時喜歡新文學的我很難讀下去。

讀《紅樓夢》，少年時不喜歡讀、或者讀過忽略的部分，往往成為成長過程中後來會一讀再讀的片段。像是人生漫長的路上，頻頻回頭，省思自己幼稚時的武斷和偏見。像是一改再改的素描畫稿，重重疊疊，都是塗改修正的痕跡。糊塗斑剝，卻彷彿更接近經驗過的真實吧。

《紅樓夢》是一改再改的書，十年間，修、改、增、刪的痕跡，比比皆是。「墨痕無多淚痕多」，每一次修改，都有兩難，猶疑徬徨。修改留下許多矛盾，空間的矛盾，時間的矛盾，人物關係的矛盾，物件的矛盾，季節的矛盾。許多考證家喜歡指出《紅樓夢》種種「矛盾」，證明自己考證「精明」，挑剔出了「錯誤」。然而作者開宗明義講了：「假作真時真亦假。」他的書寫恰是從「精明」的「真」，一步一步，修改成一種錯綜複雜的「真」「假」迷離吧。

我看過達文西、米開朗基羅的素描原稿手跡，有「精明」處，也有重重疊疊的「糊塗」痕跡，更逼近真實。

所以，應該如何看待第七十八回纏夾在〈姽嫿詞〉與〈芙蓉誄〉之間奇妙詭異的「真」與「假」？

我認真回頭了，回頭省思我少年時對這兩篇祭悼女性文字的忽略與偏見。

《紅樓夢》是可以一讀再讀的書，我們一讀再讀，是慢慢理解自己和作者都在修行途中。修行的路漫長悠遠，修行中途，都不會是篤定結論，而是還會一再塗抹修正的模糊痕跡吧。

晴雯就要死了，作者心痛，王夫人去稟報賈母，說晴雯得了「女兒癆」，「養好了也不用叫她進來，就賞她家配人去也罷了。」王夫人習慣把人當成「物」看待。對她而言，一個丫頭，最終也就是「賞了配人」，隨便找個傭人男僕嫁了。

晴雯是賈母喜歡的少女，一手調教，讓她跟在孫子寶玉身邊作伴。王夫人驅趕晴雯，講晴雯不好，賈母無奈地說了一句：「晴雯那丫頭我看她甚好，怎麼就這樣起來。」

賈府四、五代榮華要敗了，賈母能信任賞識人才，下一代王夫人就只知忌恨鬥爭。所以〈姽嫿詞〉是虛偽、應酬、敷衍的「祭悼」，而〈芙蓉誄〉是椎心之痛的真正「祭悼」嗎？

〈姽嫿詞〉寫明末崇禎朝一位才貌雙全的歌妓林四娘，為恆王收為妾，擅長武術，被封為「姽嫿將軍」。青州賊難，姽嫿奮勇入賊營，殉難身亡。賈政是迂腐官僚，奉命要查核前代忠義之事，送禮部「備請恩獎」，像今天內政部頒獎「好人好事」。賈政因此要寶玉、賈環、賈蘭都以「姽嫿」事蹟寫詩歌頌，寶玉也就敷衍出一篇歌行〈姽嫿詞〉。

〈姽嫿詞〉敷衍完，寶玉像逃回自己院中，想起謊言裡做了花神的晴雯，寫了〈芙蓉女兒誄〉。

作者在七十八回裡，仍然用「真」、「假」對比外在形式上不容易分辨的現象嗎？脂硯齋對〈芙蓉誄〉的評註常被引用——「名誄晴雯，實誄黛玉」。這一篇祭文，是黛玉死亡的預告——「為阿顰作讖」。

〈芙蓉誄〉用千篇一律的祭文文體，卻顛覆了虛假的八股形式。少年時忽略了掩蓋在文字詞藻下隱喻的「真」，要等到自己成長，在修行途中才與作者同一悲歡。

十八

再說芙蓉女兒誄

少年的回憶，死者與他的關係是——「衾枕櫛沐」、「棲息宴遊」、
「親昵狎褻」、「相與共處」。身體這樣靠近，
少年用了「親昵狎褻」四個字，描述死者留在少年身上
私密的體溫、私密的氣息。記憶拂之不去，揮之不去，魂牽夢繞。

第七十八回晴雯死後，一個小丫頭瞎掰，說晴雯被召喚去做了芙蓉花神。恰是秋天，山芙蓉盛放，賈寶玉傷心晴雯離去，就對著一片盛開的芙蓉花，準備了祭品，默默祝禱，寫了長篇祭文〈芙蓉女兒誄〉。

西周春秋時，尊者、長輩哀輓卑者、幼者，在葬禮上用語言或文字歷數羅列死者生前事蹟，形成「誄文」。

鄭玄註《周禮》說：「誄者，累也，累列生時行跡。」

所以，「誄」是一種祭悼文字，原來特定用於長者對幼者，尊者對卑者的祭悼。後來在民間逐漸演變，不嚴格規定尊卑，就成為通用的一般祭文。

「祭文」最容易演變成八股的形式。參加過葬禮，都知道祭文是怎麼回事。唸祭文的人通常用一種奇怪的腔調，抑揚頓挫，好像唱歌，但又聽不懂到底內容是什麼。祭文的語焉不詳，不只是聽覺如此，有的喪家會把祭文印出來，發給來弔唁的賓客看。但即使變成文字，常常四六駢體，辭彙堆砌，形式看起來工整，要認真了解死者生平，也還是很空洞，得不到具體的事件內容。

好像人已經死了，不用追究具體事件，不妨多說一點冠冕堂皇的話，真正的生平事蹟就多被掩蓋了。

真實的人性，充滿善，也充滿惡，可能脆弱不堪，也可能充滿矛盾掙扎，有許多難堪的事。然而，屍體躺在那裡，親友弔唁，唸誦祭文的人好像也不忍心再有深責，只好拿習慣性的溢美之詞來堆砌搪塞。「祭文」流於八股形式，失去真實內涵，其實是可以理解的吧。

無論是用耳朵聽或眼睛看，除了「嗚呼哀哉」四個字清晰，祭文大部分內容其實模糊空洞。

祭文的流於八股形式化，大概時間很久了。《世說新語》裡有一個大家熟悉的葬禮的故事：王濟死了，孫楚去弔祭。孫楚一向自負，但很敬重王濟。喪禮中，孫楚來晚了，「臨屍慟哭」，又向王濟靈堂說：「卿常好我作驢鳴，今我為卿作。」意思是說，你常喜歡聽我學驢叫，我今天為你再叫一次。孫楚驢叫完，賓客都轟然大笑。孫楚很生氣，罵這些賓客說：「使君輩存，令此人死！」——你們這些人活著，卻讓王濟死了。

魏晉時代，常多這種憤世嫉俗的故事。在葬禮上作驢叫的例子，也不僅孫楚一人。《世說》〈傷逝第十七〉同時也記錄了建安七子之一的王粲病故，他的好友曹丕（曹操的兒子）就在葬禮上說：王粲生前喜歡驢叫聲，今天大家都學一聲驢叫送別吧。那天不只一人驢叫，是驢叫的合唱。

動人的「祭文」不多，死了這麼多人，大家記得的彷彿也只是韓愈〈祭十二郎文〉、袁枚〈祭妹文〉。「祭文」空洞，倒不如「驢叫」更真實吧。

《世說新語》裡有關「驢叫」的故事，是不是最早顛覆八股祭文的舉動？但是也很難想像，今天若有朋友死了，大家一本正經唸祭文，有人高聲作驢叫，一堂賓客不知會作如何反應？

《紅樓夢》有《世說新語》的憤世嫉俗，但委婉含蓄，不太容易感覺得到作者的尖銳。

《紅樓夢》的憤怒也常化作看似八股的形式，像〈芙蓉女兒誄〉這樣的文體。〈芙蓉誄〉看來只是形式化的祭文，頂多感覺到一點淒婉，卻可能蘊含包藏著作者在心痛之極時的絕望與吶喊，也如一聲一聲驢鳴，有高亢裂帛般的嘶吼叫聲。

「維　太平不易之元，蓉桂競芳之月，無可奈何之日……」賈寶玉祭文裡的年、月、日，彷佛神話裡的歲月，沒有事件變遷的年，芙蓉桂花盛開的月，無可奈何的日子。

剛在一場葬禮中聽到祭文的開頭：「維　中華民國一百零三年十二月九日……」想

到賈寶玉用的「太平不易之年」、「蓉桂競芳之月」、「無可奈何之日」，忽然悲從中來。祭文裡的年、月、日，只是時間裡傷逝幻滅的見證嗎？我們其實挽回不了任何逝去的歲月。

作者在祭文裡細數一個孤兒女婢的生平——晴雯十六歲死去，因為是被販賣的孤兒，「鄉籍、姓氏」（哪裡人、原名原姓），都無可查考了。

少年的回憶，死者與他的關係是——「衾枕櫛沐」、「栖息宴遊」、「親昵狎褻」、「相與共處」，一共是「五年八月」。

少年記得好仔細，所以晴雯跟男孩認識，大概是十歲左右。男孩在五年八個月裡，記得如此微不足道的事；鋪床疊被、梳頭洗臉，一起吃喝玩樂。身體這樣靠近，少年用了「親昵狎褻」四個字，用了公眾祭文不常會用的字眼，描述死者留在少年身上私密的體溫、私密的氣息。記憶拂之不去，揮之不去，魂牽夢繞，如此「狎褻」，那已經離去的身體，想再一次靠近、再一次緊緊擁抱。

〈芙蓉誄〉裡有極深重的批判，直接指向自己的母親。「今犯慈威」，作者寫到王夫人如何下令毀棺焚屍，「櫘棺被燹」、「石槨成災」。這些對仗形式的文字，用八股化的表面，隱藏著犀利而痛楚的哭聲。

「鉗詖（音弊）奴之口」、「剖悍婦之心」，作者誄文裡出現驚人嚴厲的恨與批判。然而文字形式太美，也許會讓人忽略追問：誰是「詖奴」？誰是「悍婦」？喜歡撥弄是非的小人是誰？心狠手辣的悍婦又是誰？很容易想到王善保家的，卻忽略隱藏在背後真正的「詖奴」、「悍婦」。

作者可能有顧慮，欲言又止，因為晴雯的死亡與「襲人」告密有關，也和少年的母親王夫人的「凶悍」有關。

〈芙蓉誄〉不只是祭文，可能是書中重要的一篇控訴狀。

十九

孫紹祖

那個綽號「中山狼」的孫紹祖，有多麼凶惡，有多麼殘暴，
嫁給他的賈迎春有多麼受折磨，這是可能預先防範的嗎？
少年也許恍惚記起了那遙遠夢境中的畫面和詩句，但賈迎春已經要出嫁了。
鼓樂聲中，那匹狼已如此靠近自己，像逼到眼前的一個噩夢。

有關孫紹祖的故事，在《紅樓夢》第七十九回才正式出現，作者說了一句：賈赦已將迎春許與孫家了。賈赦的女兒賈迎春，由父親作主，許配給了孫紹祖。

孫紹祖好像到七十九回才出現，但是，熟悉《紅樓夢》的讀者都清楚，作者介紹孫紹祖這個人，卻是早在小說第五回。

第五回，一個十三歲左右的少年賈寶玉做了一個夢，夢中到了太虛幻境，遇到警幻仙姑。仙姑引導他到一個房間，看到一個大櫥櫃。仙姑告訴他，這櫃子裡面有南京十二釵的命運帳冊。也就是說，小說裡主要的十二個女性角色，她們一生的命運，她們的下場、結局，都記錄在這帳冊中。少年當然很好奇，拿起帳冊翻閱，帳冊裡有圖畫，也有文字。文字是一首詩，或一段曲子。

例如關於賈府二女兒賈迎春的未來，就有一張畫、一首判詞。畫裡畫著一匹凶惡的狼，追殺撲咬一名美女，要把美女活活吃掉。後面文字的判詞註解說：

子系中山狼，得志便猖狂。金閨花柳質，一載赴黃粱。

「子系」兩個字組合起來就是「孫」，這一匹凶惡的狼，講的就是孫紹祖。美女就是賈迎春。一個大家閨秀，如花似玉，嫁了孫紹祖，就如落入虎狼之口，不多久就被折磨虐待死了。

這少年翻著帳冊，畫也看不懂，詩也解不開。他一頭霧水，這美女是誰？為何會有一匹狼？他全無法了解。

警幻仙姑給他帳冊看，原想度化他，讓少年知道自己家族這些女性的悲劇下場，但是少年卻完全無法理解。

警幻仙姑沒辦法，只好再編了十二支曲子，一首一首演唱給少年聽。警幻或許覺得畫和詩不容易理解，聽歌總容易懂了吧。

關於賈迎春和孫紹祖的那首歌，歌詞是這樣的：

〔喜冤家〕中山狼，無情獸，全不念當日根由。一味的驕奢淫蕩貪歡媾。覷著那，侯門艷質同蒲柳；作踐的，公府千金似下流。嘆芳魂艷魄，一載蕩悠悠！

歌曲內容似乎講得更清楚了，孫紹祖就是中山狼，那匹凶惡殘暴的狼，是無情的野獸。驕奢淫蕩，性慾上貪得無厭，把賈迎春這美女當成妓女一般作踐，用最殘暴低級的方式，玩弄這公爵府的千金小姐。

以警幻仙姑透露給少年的「天機」來看，無論是詩、畫、歌曲，賈迎春的命運都是被孫紹祖性虐待折磨致死的。

然而有趣的是，第五回有關孫紹祖的惡劣行跡，要隔了七十四回，才被驗證。

所以，第五回的少年當然看不懂，因為孫紹祖這個人連出場都還沒出場，無論少年或讀者，對一個沒有出場的角色，自然無法下任何判斷。

《紅樓夢》先告知結論，再倒敘回去的寫法，十分特殊，與一般小說推理的邏輯正好相反。

如果我們知道一部小說或一部電影的故事結局，還會有看下去的興趣嗎？《紅樓夢》恰好是一開始就把人物的下場結局都告訴讀者了。

我們如果知道自己一生命運的結局，還會有活下去的興趣或勇氣嗎？

有時看到朋友算命，或卜卦，或求神籤，或拆字，或算塔羅牌，或排八字、紫微斗數，無論哪一種算命法，無非是要預知命運的結局。然而不管多麼準確的算命法，我們還是在懵懂模糊的猜測中，也許那就是「命」或「運」的有趣之處吧。在模稜兩可之間，可信，又不可信，可懂，又不可懂。

我很同情那剛發育的少年，十三歲，被帶到莫知高深的太虛幻境，被警幻仙姑帶到家族命運帳冊前，一頁一頁翻著，一張一張畫，一首一首詩，一段一段歌曲，然而似懂非懂。事情沒有發生，人物都還沒出場，怎麼可能懂？

所以那個綽號「中山狼」的孫紹祖，有多麼凶惡，有多麼殘暴，嫁給他的賈迎春有多麼受折磨，如何被蹂躪至死，這是可能預先防範的嗎？

警幻仙姑希望十三歲的少年能預先知道家族女子注定的命運，可以「警幻」，可以預知結局，有所警惕，但是，這是可能的嗎？

孫紹祖出場了，離少年做夢看到的那匹狼的記憶，已經如此遙遠。

少年也許恍惚記起了那遙遠夢境中的畫面和詩句，但是賈迎春已經要出嫁了。鼓樂聲中，他感覺到夢境忽現忽隱，那匹狼已如此靠近自己，像逼到眼前的一個噩夢。

從第七十九回短短幾句敘述來看，孫紹祖這個人，其實看不出什麼惡的跡象。不到三十歲，「生得相貌魁梧，體格健壯，弓馬嫻熟」，看起來像是一個從健身房出來有六塊腹肌的青年，或者喜歡練練拳腳，也沒有什麼大不是之處。

作者透露了賈母對於這門婚事的不甚滿意，但是，迎春的親生父親出面，賈母跟賈赦母子間也有過尷尬，因此也不願意強出頭去阻攔。賈政是做叔叔的，也不贊成這樁婚姻，而且「深惡孫家」。似乎這孫紹祖家，以前巴結過賈府，如今看賈家漸漸式微，孫家襲指揮之職，氣勢越來越旺，似乎賈政也感覺到迎春嫁過去，可能受到欺負。

事情一直要到第八十回，迎春嫁後回娘家哭訴，說孫紹祖「一味好色，好賭酗酒，家中所有的媳婦丫頭將及淫遍」，才真正寫出中山狼的可怕面目。

孫紹祖在第五回的描述是耐人尋味的，「驕奢淫蕩貪歡媾」，讓人想到一個性慾高漲的壯漢，甚至是性虐待的嗜好者，喜歡玩ＳＭ愉虐性愛，手銬、鞭子都來，特別老實傻氣的「二木頭」賈迎春就真是招架不住了吧。

孫紹祖毒打迎春，也有一條原因，是因為迎春的父親賈赦拿了孫家五千兩銀子。孫紹祖懷恨，時時數落迎春，說她是五千兩銀子折現抵押來的。賈赦貪財貪色，彷彿報應竟然落在可憐的迎春身上。

二十

紅樓夢八十回

《紅樓夢》如果沒有寫完，或許留下一個空白輪廓，
值得後來者反覆思維、反覆咀嚼、反覆回味，
究竟前八十回給了我們什麼，為何如此豐富？後四十回又少了什麼，
比如品味細節的快樂不見了，讓閱讀者停留不下來。

《紅樓夢》看到第七十九回、八十回，許多讀者都有突兀的感覺。好像原來聽著一段歌曲音樂，行腔、韻味這麼熟悉了，許多細微變化，連小小的喉嚨口的顫音、尾韻，都細膩幽微，閉著眼睛，可以反覆一再回味。

八十回後，細節少了，常常只有主旋律。像唱軍歌，節奏分明，有段落，有事件，卻停不下來，體會不出「腔」「調」「韻」「味」。

好的文學、好的藝術，需要停留，需要慢下來感受。美的事物，也是要人可以停下來，慢慢品味。一路奔忙，忙著推理，大概與美總是無緣吧。像吃好東西，細嚼慢嚥，才能品嚐；囫圇吞棗，不是「品味」。

《紅樓夢》讀到八十回前後，事件一路前行，停不下來，少了品味細節的快樂。

前八十回，作者的寫法常會停在一個小事物上，如食物裡的「茄鯗」，用大篇幅寫一道小菜的做法過程。作者可以離開小說事件主題，耐心讓讀者停留在一道菜餚的味覺回憶裡。

前八十回，寫食物，寫衣服上的色彩鑲邊，寫音樂的抑揚頓挫，都可以寫很久，寫出細節，寫出眼、耳、鼻、舌、身的許多記憶。像第四十九回〈琉璃世界白雪紅梅〉，沒有事件，只有大雪紛飛，純粹賞雪，迷離錯落，可以說是整部大小說的經典。作者好像忘了事件發展，雪光映襯出青春的華麗，每一個人物的衣著打扮，每一個人物金彩輝煌的披風，交錯成一片光與色彩。

《紅樓夢》最好的讀法，是用電影分鏡來看。作者像是最現代感的大導演，蒙太奇、剪接、全景俯瞰、細部特寫、融焦、淡入、淡出，鏡頭運用活潑自如，讓讀者目不暇接，經驗一次又一次豐富的感官。

八十回以後，細緻的感覺少了，讀者一下子不習慣。好像費里尼或柏格曼的電影，突然被一個沒有感覺的導演接手，也是照著劇本拍，情節照常發展，但已韻味全失。讀者覺得失落，原來沉湎於光影迷離恍惚的境遇，一下子燈光大亮，沒有了層次、沒有了氛圍，故事照常進行，但感覺不見了。

夏金桂就是這時候出現的一個角色。關於夏金桂，原作者勾畫了多少輪廓？輪廓完成了幾分？輪廓留下的空白，後來補寫的人加入多少敷彩、渲染、描摹，成為目前呈現的夏金桂的樣子？

讀有關夏金桂故事的片段，會反覆思考這一連串的問題。

我們看小說、戲劇、電影，都會轉述其中一個人物給沒有看過的朋友聽。但如何轉述夏金桂這個女子呢？

夏金桂出身皇商家族，家裡擁有眾多田產，其餘田地不用說，在京城，光是桂花，就種了好幾頃地，因此有「桂花夏家」的綽號。夏金桂父親早逝，寡母帶著這獨生女兒，從小嬌寵，個性脾氣蠻橫，稍有不順心如意，對下人丫頭就又打又罵。

讀者有了一個驕縱蠻橫的少女的輪廓，原作者要寫的夏金桂，可能是另一個王熙鳳的翻版，霸道，潑辣，要強，有心機，手段狠毒。

但是，王熙鳳在前八十回中的形象豐富極了，讀者很難用三兩個字眼辭彙就概括轉述她的精采之處。然而性格相似的夏金桂，顯然單薄了很多。

要轉述王熙鳳，很難；要轉述夏金桂，比較容易。顯然，好的文學或藝術是很難「轉述」的。好的「轉述」大抵也要有接近原作的精采。

因為豐富，王熙鳳很難說出她「壞」在哪裡，善惡交疊，真假糾纏，虛實錯綜。恨得人牙癢癢的，卻又說不出壞處，所以耐人尋味。很容易說出「壞」的人物，像夏金桂，大概就不是成功的文學書寫吧。

所以，夏金桂全部出自原作者的手筆嗎？

夏金桂的「壞」，讓人討厭，讓人鄙視，但是《紅樓夢》前八十回，任何一個小如微塵的人物，都讓人不敢輕忽。

生命再卑微、再不堪，都有它存在的意義吧。《紅樓夢》的作者用讀佛經的方式書寫自己一生遇到的生命，他悲憫、懺悔，祝願所有生命都能了卻因果，「欠命的，命已還；欠淚的，淚已盡」，他不會有心去鄙薄任何一個生命吧。

舊俄的杜斯妥也夫斯基是偉大作家，他說：對最卑微的角色都不能掉以輕心。他像是說文學書寫技巧，但其實更可能是說生命本質的尊重吧。「嘲諷」、「刻薄」，都難成就偉大的藝術。

《紅樓夢》如果沒有寫完，或許留下一個空白輪廓，值得後來者反覆思維、反覆咀嚼、反覆回味，究竟前八十回給了我們什麼，為何如此豐富？後四十回又少了什麼，讓閱讀者停留不下來。

像夏金桂這一角色，壞到讓人厭惡，讀者或許開始懷疑，為什麼前八十回中沒有一個人物這麼讓人討厭？文學書寫只是為了作者對一個人物的恨嗎？出發於輕蔑，出發於恨，可以成就文學書寫嗎？

《紅樓夢》這本大小說，原作者到底寫了多少回，還有爭議。許多資料顯示，八十回前後是重要關鍵。不從史料證據入手，細心讀者都感覺到，過了八十回，無論敘事方式、人物著墨的輕重、物件細節的講究，都有很大變化。

用料理菜餚來比喻，好的廚師，刀工、火候都要到位，品嚐的人不用知道製作過程，但是夾一筷子放入口中，口腔舌頭的味蕾會「傳達」出所有講究的細節，因此是三個口的「品」，不是一個口的「吃」。《紅樓夢》是一道一道大菜，一次一次看，也是一次一次「品味」。

用刺繡織品來比喻，好的緙絲織錦，不僅只是一個輪廓。一朵花，一隻鳥，勾繪輪廓只是起步，輪廓中要有多少針、多少線，多少綿密的重疊交錯糾纏，產生豐富的色彩層次與質感，令人可以細細撫觸，視覺、觸覺都如此豐富，才是好的織品。徒具輪廓，就讓人無法停下來、靜下來，感覺細節。

二十一

夏金桂

夏金桂是讀過書的，稍通文墨，因此壞得有點文人的酸氣。
她閒來無事，就把香菱叫到面前，問她「香菱」二字誰起的。
香菱說是寶釵，夏金桂就不以為然。夏金桂心裡的自大，
產生對人的排擠蔑視，她說：「人人都說姑娘通，只這一個名字就不通。」

夏金桂在第七十九回出場，第一〇三回死去，恰好跨在一般認為《紅樓夢》「原著」與「補寫」之間，或許是用來探究比較《紅樓夢》原作者風格與補寫者風格最恰當的人選。

夏金桂雖然到七十九回才出場，但原作者在小說一開始就設定好這個角色，第五回香菱的判詞中就出現了「桂」這個字。香菱判詞的最後兩句是：「自從兩地生孤木，致使香魂返故鄉。」胡適解「兩地生孤木」，兩個「土」，一個「孤木」，合起來正是「桂」這個字。

因此，胡適也依判詞所言，認為原作者是安排香菱死於夏金桂之手。

七十九回夏金桂的出場，正是從香菱口中說出。香菱是薛蟠的妾，小說一開始，香菱被人口販子賣給馮淵，訂了親，人口販子又轉賣給薛蟠。薛蟠唆使豪奴打死馮淵，硬把香菱搶來。薛蟠是寵壞的「富二代」兼「官二代」，看到好東西就要，像玩玩具，玩一會兒就膩了。不多久，薛蟠把搶來的香菱也丟在腦後，在學堂裡包養起長相清秀的學弟「香憐」、「玉愛」。

香菱被薛蟠冷落，便跟了寶釵，住進大觀園。她十分上進，跟林黛玉、史湘雲學寫詩，一個從小被人口販子虐待蹂躪的可憐少女，第一次有了善待她的同伴，過了她一段最快樂的時光。

七十九回香菱告訴寶玉，薛蟠訂親了，對象是富有的「桂花夏家」的獨生女兒夏金桂。寶玉聽了，無緣無故跟香菱說：「我倒替你擔心慮後呢。」

《紅樓夢》前八十回常寫一種直覺，彷彿前世宿命因果，沒有道理可說。寶玉沒有解釋為何擔心，只跟香菱說：「只怕再有個人來，薛大哥就不肯疼你了。」

這個在七十九回結尾嫁給薛蟠的夏金桂，剛開始還看不出太嚴重的「壞」。家裡有錢，父親早逝，獨生女兒，寡母嬌寵，自然任性，和薛蟠的成長狀態十分相似，一男一女，像同一種因果。

兩個被寵壞的「富二代」結了婚，各不相讓，自然很快就衝突起來。兩人相鬥，作者在七十九回結尾輕描淡寫地說，「薛蟠的氣概漸次低矮了下去」。

七十九回結尾，夏金桂小氣、鄙吝、苛薄、愛耍心機、愛整人的個性露出來了。夏金桂是讀過書的，稍通文墨，因此壞得有點文人的酸氣。她閒來無事，就把香菱叫到面前，問她「香菱」二字誰起的。香菱說是寶釵，夏金桂就不以為然。夏金桂心裡的自大，產生對人的排擠蔑視，她說：「人人都說姑娘通，只這一個名字就不通。」

香菱還不熟悉金桂的脾氣，繼續為寶釵辯解。金桂就從鼻孔裡冷笑，哼了一聲，說：「菱角花開，誰見香來？」

夏金桂覺得自己是桂花，而且是「金桂」，哪有其他的花在她面前可以「香」。

原作者在第八十回透露的夏金桂，自我中心、目中無人、自我感覺良好，沒有反省能力的人大多如此，也談不上有多「壞」。

香菱跟寶釵、黛玉、湘雲、探春在一起久了，青春少女，不分尊卑貴賤，天真單純，沒有遇過夏金桂這種稍通文墨就自負自大、處處要貶抑他人的鄙俗者。她繼續跟金桂爭辯，說天地間不只菱角，連葦葉、蘆根都有清香。

香菱說的是她感覺到的天寬地闊，每一種生命都有存在的意義。她不知道，夏金桂一味只是要強調自己的「香」，她對別人的存在完全沒有興趣。夏金桂說：「依你說，這蘭花桂花，倒香的不好了？」

夏金桂跋扈霸道，她是不准別人在她面前直呼名諱的。古代讀寫君王、父母姓名都要避諱，香菱沒有心機，口中就說出了「桂花」二字，即刻招到夏金桂陪嫁丫頭寶蟾的呵斥：「你可要死！你怎麼叫起姑娘的名字來！」

這是第一次夏金桂整香菱，也挑戰薛寶釵，壓倒大家氣燄，她堅持「菱」不可以

「香」，硬把香菱改名為「秋菱」。

八十回寫夏金桂，寫得委婉，「恨」、「壞」都不露骨，也還有十七歲少女新婚的驕矜。但讀者已經感覺到寒氣逼人，也意識到寶玉為香菱「擔心」的預言了。

夏金桂的「恨」與「壞」，在寶蟾介入之後，越發明顯張揚開了。

寶蟾是夏金桂帶來的丫頭，原來當然懼憚金桂。但薛蟠是耐不住寂寞的人，他的生命除了片刻肉慾滿足，好像找不到更高的追求。他搶奪香菱，包養香憐、玉愛，追求柳湘蓮，都是一樣，沒有長久耐心，只是當下得意滿足，到手後就又空虛了，再去找新的肉慾刺激。

夏金桂新婚不久，薛蟠搞上寶蟾丫頭，被夏金桂撞見。夏金桂心裡有恨，但也有心機，想借寶蟾先除去香菱，再回頭整寶蟾。這一段寫法像王熙鳳利用秋桐整死尤二姐，只是王熙鳳做得更天衣無縫，讓人看不出她的「壞」。

夏金桂利用寶蟾害香菱，其中夾雜著薛蟠的無知粗魯，兩個同樣權貴家庭養出來沒有教養的「富二代」，粗野、鄙俗、無賴，吵嘴打鬧，比一般庶民的惡劣、賴皮、撒潑，還更為難堪。

香菱在金桂的壞，薛蟠的粗俗無知，寶蟾的潑辣中被折磨，眼看要被整死，卻忽然出現薛寶釵，阻止了薛姨媽要賣掉香菱的舉動，讓香菱跟她過日子。香菱死裡逃生，躲過一劫，但也似乎違反了原作者「自從兩地生孤木，致使香魂返故鄉」的判詞宿命。

讀第八十回，許多夏金桂的段落可以細細尋索，找出原作者的書寫蹤跡。

其實，在香菱跟了寶釵之後，未必一定逃過死劫。八十回有一行字說，香菱跟了寶釵之後，「氣怒傷肝，內外折挫不堪，竟釀成乾血之症，日漸羸瘦，飲食懶進，請醫服藥無效。」這一段話，似乎已經隱藏著香菱死亡的預兆。

二十二

王 一 貼

王一貼說了一長串膏藥的好處，我小時候在廟口聽賣藥江湖術士講過，
數百年來，內容口氣一點也不差。王一貼無賴耍嘴皮，
但真是可愛，寶玉罵他「油嘴」，他也還是哈哈一笑，說了一句真話：
「我有真藥，我還吃了做神仙呢。有真的，跑到這裡來混？」

我喜歡《紅樓夢》第八十回出來的一個小人物王一貼。王一貼是天齊廟裡的一個老道士，這個老道士經常來往於榮國府、寧國府。富貴人家，時常有擔驚受怕的事，需要祈福，需要還願，需要祝禱神明，需要趨吉避凶，時時求神問卜。因此，這樣一個有點圓滑、有點精明、有點搞笑的老道士，便常常在賈家出現，串串門子，為闔府男女扶乩唸咒，燒香請神，收驚除穢，為官場老爺看看吉凶，為貴婦人們做點安心的事。

賈府需要這個老道士，王道士也需要藉此收點香油錢，賺點外快，養活自己，也維持寺廟門面。這種富貴人家與僧道的關係，就培養出王一貼這樣有趣的人物。

這個王道士不只做道士，靠請神唸咒賺錢，他也替人看診治病。他在廟門口掛著一個招牌，賣各種丸散膏藥。他的膏藥特別有名，據他自己說，「藥共一百二十味」。這些膏藥，任何疑難雜症貼了都能好，所以大家就給他取了一個渾號，叫「王一貼」，用今天的話來說，就是「膏藥一哥」了。

這個小人物出場時間不長，主要是賈寶玉偶然去天齊廟還願，忽然想到夏金桂的「忌妒病」。

當時賈家親戚薛蟠娶了夏金桂不久，夏金桂是個妒婦，因為好忌妒，弄得自己一肚子怨恨，每天唉聲嘆氣，大呼小叫，全家雞飛狗跳，無有寧日。

她的忌妒很奇怪，她叫夏金桂，她家又以種桂花出名，她就自負自大，認為天下只有桂花是最香的，其他的花都不可以香。薛蟠的妾名字叫香菱，這就犯了夏金桂的忌諱。夏金桂跟香菱說，從來沒聽過菱角開花也香，硬把「香菱」改成了「秋菱」。

她恨「香菱」這兩個字，也因為這個名字是薛寶釵取的。寶釵是人人稱讚的才女，詩書都好，為人也謙和識大體，這也讓夏金桂「忌妒」。忌妒別人名字比自己香，忌妒別人比自己有才華，忌妒別人比自己有人緣。她像童話《白雪公主》裡的皇后，每天對著鏡子問：誰是世界上最美的人？

「忌妒」往往來源於對自己沒有信心，因此要加倍說別人多不好，自己多好。有信心的人，忙著做自己的事都來不及，不會花時間整天盯著找別人的「不好」，雞蛋裡挑骨頭。

夏金桂家裡有錢，人也長得漂亮，也通詩書，照理講應該有自信，也應該滿足。但是她「忌妒心」太重，看到別人比自己好就生氣。她偏偏又嫁了一個沒有頭腦的呆子薛蟠，薛蟠好色，用情也不專，娶了夏金桂，沒幾天就搞上金桂的陪嫁丫頭寶蟾，這下子更讓夏金桂忌恨到骨頭裡去了。

《紅樓夢》第八十回寫夏金桂因為忌妒生恨的心理狀態十分驚人，她在家裡不只每天打人罵人，哭鬧不休，覺得這世界一切都如此不順心；恨到最後，作者寫到一段，說她「生平最喜啃骨頭，每日務要殺雞鴨，將肉賞人吃，只單以油炸焦骨頭下酒。」

這一段讀來讓人發毛，使我想起張愛玲《金鎖記》裡的曹七巧，那也是一個對生命絕望到發恨的女人，恨自己，恨自己的丈夫，恨自己的親生兒女。

我常常想到夏金桂發恨的樣子，嘎吱嘎吱啃著炸成焦黑的雞鴨骨頭，吃得不耐煩，就「肆行海罵」，她說：「有別的忘八粉頭樂的，我為什麼不樂！」

她已經像極自己牙齒間狠狠咬碎的油炸骨頭，如此焦黑乾枯，如此不快樂。

因為忌妒，一個原來可以好好的生命，卻把自己糟塌到這樣不堪的處境。夏金桂這角色，在我們生活周遭，其實也不難看到吧。看別人做什麼都生氣，看別人做什麼都不順眼，把自己弄成一塊「焦黑骨頭」。

賈寶玉心裡惦記著夏金桂的痛苦，他到廟裡還願，遇到王一貼，就順口問這些膏藥靈驗與否？王道士老王賣瓜，當然立刻吹噓起來，說了一長串膏藥的好處：

君臣相配，賓主得宜，溫涼兼用，貴賤殊方。內則調元補氣，開胃口，養榮衛，寧神定魄，去寒去暑，化食化痰；外則和血脈，舒筋絡，去死生新，去風散毒。其效如神，貼過便知。

王一貼的這一長串話，我小時候在廟口聽賣藥江湖術士講過，數百年來，內容口氣一點也不差。我想，《紅樓夢》作者寫的王道士王一貼，今天也還照常用同樣方法，在我們社會各個角落混一碗飯吃吧。

賈寶玉當然不相信王一貼能治百病的神奇藥方，但他也不討厭這樣一個滑頭又可愛的騙子。他繼續跟王一貼胡謅，想起夏金桂的忌妒，有點無可奈何，也有點故意挑戰吹大牛的王一貼，寶玉就說：「可有貼女人的妒病方子沒有？」

賈寶玉胡謅，王一貼厲害，也順水推舟胡謅下去，他斬釘截鐵說有，那治病的藥就叫「療妒湯」。

《紅樓夢》藉著王一貼的口，傳下了治療「忌妒」的藥方，大家或許可以試試，也可能有用。內容很簡單：秋梨一個，二錢冰糖，一錢陳皮，水三碗，梨熟為度。王一貼說：「每日清晨吃這一個梨，吃來吃去就好了。」

寶玉逗王一貼，說未必見效。王一貼更有趣了，老臉扯皮，說：「一劑不效，吃十劑；今日不效，明日再吃；今年不效，明年再吃。」

王一貼彷彿說謊騙人，但倒也是實話，他最後說：「吃過一百歲，人横豎是要死的，死了還妒什麼？那時就見效了。」

王一貼無賴耍嘴皮，但真是可愛，寶玉罵他「油嘴」，他也還是哈哈一笑，說了一句真話：「我有真藥，我還吃了做神仙呢。有真的，跑到這裡來混？」

王一貼比我們今天睜眼硬掰的說謊政客其實誠實得多。

看來夏金桂和夏金桂同黨的「忌妒」，是注定治不好了。

二十三

賈代儒

賈代儒認真跟寶玉議論起《大學》、《中庸》、《論語》
這些當時為考八股文制定的「考前猜題」。他要寶玉解「後生可畏」，
要寶玉解「無聞」，都像反諷。在活潑有夢想的青年面前，
賈代儒像奄奄一息萎黃的菜葉，已經沒有新鮮氣息了。

《紅樓夢》裡的賈代儒，不是一個容易被注意的人物，他在第八回結尾就出現了。當時賈寶玉剛認識了秦鐘，兩個十三歲上下的少年，彼此愛到不行。秦鐘家窮，寶玉就假借邀秦鐘一起讀書，希望可以跟秦鐘朝夕相處。

賈府有一個專供家族子弟讀書的私塾，在當時算是一所私立貴族學校吧，聘請了一位老學者擔任教席，這位教席就是賈代儒。

賈府族譜，第一代是賈演、賈源，三點水旁。第二代就是「代」字輩，賈代化、賈代善，輩分很高。小說開始，「代」字輩多已過世，賈代儒算是「代」字輩僅存無幾的耆老。

賈代儒輩分高，比當時賈府做大官的「文」字輩的賈赦、賈政都高一輩，比「玉」字輩的賈珍要高兩輩。

輩分雖高，但是賈代儒沒有官位，是一個苦讀書而始終沒有考取科舉，與功名無緣的老讀書人。

這樣一個人物，德高望重，好像很受大家尊敬，實際上又很寒酸。在現實世界裡，沒有權力，也沒有財富，這樣的背景，似乎就形成了賈代儒特殊的人物性格。

賈代儒做一輩子家族私立學校的教書先生，在那個重功名的時代，周遭都是做大官的親族晚輩，賈代儒心裡多少有點伸展不開來的窩囊委屈吧。

讀書、做學問，一輩子沒有做官，沒有發財，自然也可以有自得其樂的喜悅開心，可以陶醉其中，不用顧慮、在意世俗的眼光。但是，賈代儒似乎對讀書、教書也沒有真正的熱情，讀書只是為了考試做官，如果考試不中，做不成官，到老來也就覺得自己苦讀一輩子，卻一事無成，失去了生命追求的方向。

賈代儒第八回結尾的出場，作者只描寫小小一段，著墨不多，但也勾劃出一個窮酸、要錢、好擺架勢的老教書匠卑微慳吝的輪廓了。

秦鐘決定進賈府私塾讀書了，跟今天貴族學校相似，要讀書入學，也都要花錢。秦鐘的父親秦業是個戶部營繕部門的小官，知道兒子要進貴族家塾，很高興，但也知道入學門檻很高，賈代儒那邊需要打點，錢少了拿不出手。秦業「宦囊羞澀」，只好「東拼西湊的恭恭敬敬封了二十四兩贄見禮」。

賈代儒任職私塾教席，有固定薪水收入，秦業封的「二十四兩贄見禮」是賈代儒的「外快」。秦業窮，一定也先打聽過賈代儒收學生私下的暗盤數目，大概不能少於二十四兩。

苦讀一生，屢次考試都失敗，兒子媳婦又早逝，留下一個孫子賈瑞。這個不得志的老讀書人，鬱悶、沮喪、不快樂，他的人生似乎灰撲撲的，沒有一點顏色光彩。如果他對教書有熱情，或許他可以把許多希望寄託在教育孩子身上，也不至於太頹喪吧。然而賈代儒連最後「教書」這一工作也提不起勁，他好像也不是一個認真的老師，第九回，他就缺席上課，留下一個作文題目，讓二十歲上下的孫子賈瑞代理，自己就走了。

賈瑞從小沒有父母，由賈代儒這個一生不得志的老書生嚴格管教，老祖父好像要把一生的不快樂和怨恨，都發洩在這可憐的孫子身上。賈瑞在打罵體罰中長大，沒有自信，連做祖父的助教也做不好，私下拿薛蟠的錢，縱容他包養學堂長得清秀的學弟，也就是第九回幾個青少年爭風吃醋、大鬧學堂的事件。賈瑞不公正，完全沒有威嚴，鎮壓不住學生，鬧到由賈寶玉的車伕李貴出面喝止。賈瑞威信喪盡，被學生恥笑辱罵，其實也連帶看出賈代儒長期「教育」徹底的失敗。

賈代儒對孫子賈瑞的嚴厲管教，無法解決賈瑞出軌犯規的衝動，二十歲的男性，祖父每天逼著讀書，什麼事也不許做，賈瑞表面服從，骨子裡開始叛逆。賈瑞瘋狂愛上了王熙鳳，痛苦的性慾掙扎，使他走火入魔，走向毀滅死亡。

第十二回，賈瑞數次瘋狂追求王熙鳳，被厲害的王熙鳳侮辱、陷害、玩弄，寒夜關在出不去的穿堂挨凍受怕，屎尿淋了一身，黎明倉皇逃回家，賈代儒還是一味嚴厲，痛打三、四十板，罰跪在雪地讀書，終於弄得一身是病。〈賈天祥正照風月鑑〉是小說裡悲慘的一段，鏡子的背面是骷髏，正面是王熙鳳，王熙鳳招手，賈瑞就進去與她交歡，最後在病床上一次一次遺精而死。他的死亡像是自殺，是對祖父賈代儒管教的控訴。

賈代儒是一生不快樂的人，一生沒有自信，在失敗中變得僵硬冰冷，連對唯一的孫子也沒有溫暖。賈瑞性格上的缺陷，賈瑞性慾的壓抑，賈瑞毀滅性的愛，其實恰好來自這不快樂、也無自信的祖父吧。

賈代儒在賈瑞死亡之後，就從小說主線中消逝，隔了七十回，在第八十一回中再次出現。八十一和八十二回，賈代儒甚至扮演了重要的角色，他被賈政重新請來教寶玉讀書，準備考試。

最有趣的是八十二回，賈代儒突然認真跟寶玉這青年議論起《大學》、《中庸》、《論語》這些當時為考八股文制定的「考前猜題」。他要寶玉解「後生可畏」，要寶玉解「無聞」，都像反諷。在活潑有夢想的青年面前，賈代儒像奄奄一息萎黃的菜葉，已經沒有新鮮氣息了。

賈代儒又要寶玉解「吾未見好德如好色者也」，我初次看嚇了一跳，因為我中學時老師真的出過這樣的作文題目。寶玉說：「這句話沒有什麼講頭。」賈代儒斥為「胡說」，他說：「譬如場中出了這個題目，也說沒有做頭麼？」

頭腦裡只有「考試」的老讀書人，他出的作文題目「好德如好色」，讓我想到那遺精死在床上、可憐的年輕孫子賈瑞。

二十四

妙玉的情慾

一個尼姑，帶髮的修行者，她在塵俗之外，

她與青春的熱鬧繁華無緣，然而她對美好的生命有留戀、有嚮往。

他們不像戀愛，只是天上到了凡塵，有緣見面，彼此恭敬的禮尚往來。

情慾寫到如此，使人顫慄，使人悸動，卻像沒有肉體瓜葛的情慾。

妙玉在《紅樓夢》前八十回出場不多，但讓人印象深刻。尤其第四十一回櫳翠庵喝茶一段，生活上一點小細節，活靈活現勾勒出妙玉的性格。

妙玉出身官宦世家，聰明、高傲、潔癖，不染塵俗。櫳翠庵喝茶的妙玉，用成化窯鬥彩蓋鐘，用雲龍獻壽雕漆茶盤，用五年前蠲存的梅花花蕊上帶著清香的雪水烹茶……，你可以喜歡妙玉，也可以不喜歡妙玉，妙玉就是她自己。

她孤芳自賞，也不會在意別人的眼光。她厭煩世俗，把自己封閉在精緻美麗的象牙塔中，這象牙塔就是她自得其樂的世界。妙玉不喜歡劉姥姥，劉姥姥用了妙玉的成窯杯子喝茶，妙玉嫌骯髒，叫小尼姑丟了。粗淺的讀法，會以為妙玉嫌貧愛富，或許，不這麼簡單。

《紅樓夢》的原作者不隨便褒貶一個角色，做為十二金釵之一的妙玉，對作者一定有特殊存在的意義。妙玉的許多動作都彷彿有隱喻，隱喻在若有若無之間。

好的文學創作，好像寫妙玉，又像寫自己，最終是讓讀者發現自己身上的妙玉。妙玉因此迷人，她的生命形式複雜而豐富。輕易嘲諷妙玉，多半是掉入「尼姑思凡」鄙俗而又概念化的框架，難以對生命有廣闊的視野，也難以真正像《紅樓夢》原作者有對生命本質的悲憫與包容。

妙玉是「愛」寶玉的，如同一個自負甚高的少女，愛戀氣質稟賦優雅的少年。妙玉的「愛」，像她愛成窯的杯子，愛剔紅雲龍獻壽的茶盤，愛梅花蕊上雪水的清香。她「愛」生命裡美好的東西，她堅持青春的潔淨，不沾染塵俗。

「欲潔何曾潔」，我總覺得《紅樓夢》原作者寫妙玉的這句判詞，是帶著淚水寫的。寶玉的身上當然有妙玉的部分，他青春年少，愛美，一樣愛潔淨，一樣厭惡世俗。然而寶玉是帶著妙玉的潔癖，走向最骯髒的世界，也包容了那些骯髒。「欲潔何曾潔」不是作者在批判妙玉的潔癖，是看到潔淨被汙染的不忍與心痛吧。

妙玉暗戀寶玉，這是每個人都知道的。《紅樓夢》第五十回，下了大雪，眾人寫詩聯句，李紈說起櫳翠庵的紅梅花開得極好，但她說：「可厭妙玉為人，我不理她。」大夥兒就慫恿寶玉去跟妙玉要紅梅花。

李紈對人性觀察狹窄而木訥，她命令僕從跟隨寶玉去櫳翠庵，黛玉即刻攔阻，說了一句：「不必，有了人反不得了。」

這句話極動人。世俗的浮淺看法，總覺得寶玉、黛玉是一對戀人。如果是戀人，黛玉知道妙玉暗戀寶玉，不會吃醋嗎？然而黛玉如此委婉，知道妙玉會給寶玉紅梅花，但如果有外人跟著，妙玉就不會給，甚至連面也見不到。

三個名字中都有「玉」的青春少年少女，他們有心事，但都一清如水，沒有骯髒瑣碎的芥蒂。他們都是天上來人間經歷塵劫的生命，他們自負、孤獨，對生命有悲憫，也有了解，沒有鄙俗下流的瓜葛。

妙玉寫得極好的一段是第六十三回，賈寶玉過生日，大觀園裡的少女私下為他慶生，熱熱鬧鬧過了一個晚上。第二天，寶玉發現桌案上壓著一張賀卡，是妙玉親筆寫的花柬，上面寫著：「檻外人妙玉恭肅遙叩芳辰」。

文字端正恭敬，讀到有一點感傷。一個尼姑，帶髮的修行者，她在塵俗之外，她與青春的熱鬧繁華無緣，然而她對美好的生命有留戀、有嚮往。她用彩色美麗的花柬向她愛的男子致意，或許連妙玉本人也不清楚這是什麼樣的情感。

寶玉收到賀卡，沒有覺得奇怪，沒有輕薄的嘲笑。他怨怪丫頭怎麼不早告訴他，覺得回覆晚了，對妙玉不敬。

寶玉匆匆往櫳翠庵去，路上遇見邢岫煙，岫煙跟妙玉做過鄰居，一起修行過。但是她也不懂妙玉，寶玉給岫煙看妙玉的賀卡，岫煙不以為然，批評妙玉「僧不僧，俗不俗，女不女，男不男」。

是的，《紅樓夢》原是要破除一切人世的歸類，還原生命本質的自由。

寶玉說：「她原不在這些人中算，她原是世人意外之人。」好個「意外之人」，我們為何要活在他人的「意料」之中？我們活著，依循別人的方式活著，為世俗的眼光活著，沒有了一絲一毫的「意外」，也就只是隨波逐流、沒有意見的苟活吧。活著，或不活著，會有什麼不同嗎？

寶玉回了一封信，署名是「檻內人寶玉熏沐謹拜」。他們不像戀愛，只是天上到了凡塵，有緣見面，彼此恭敬的禮尚往來。

情慾寫到如此，使人顫慄，使人悸動，卻像沒有肉體瓜葛的情慾。

八十回之後，妙玉大大不同了。看到第八十七回補寫者寫妙玉〈坐禪寂走火入邪魔〉，使人不舒服。許多人都看出後四十回少了細節描述，如果挑出妙玉這一個人物，前後對照，立刻看出補寫者品味格調與原作者的巨大差距。

前八十回，隱隱約約的情慾，寫得潔淨委婉，細緻沉穩到不容易覺察。然而到了八十七回，寶玉在惜春處偶遇妙玉。惜春正與妙玉下棋，寶玉說：「妙公輕易不出禪關，今日何緣下凡一走？」稱呼問話都粗俗，已失去前八十回的品格。

最使人吃驚的是，「妙玉聽了，忽然把臉一紅」，接下來，妙玉幾次臉紅，「臉上的顏色漸漸紅暈起來」，寶玉也「轉紅了臉」，妙玉「心上一動，臉上一熱」……，這種種露骨鄙俗的廉價情慾寫法，失去了寶玉與妙玉在前八十回中幾次來往的若即若離。

喝茶，取紅梅花，生日的賀卡與回帖，他們的情慾在若有若無間。「心跳」、「臉熱」、「紅暈」卻像是粗俗黃色小說的寫法，糟蹋了妙玉這個情慾極複雜、極孤獨、極不可親近、極不容易理解的重要角色。

二十五

薛蝌與薛蟠

薛蟠和薛蝌是一種反襯寫法，薛蝌正經八百，薛蟠則極胡鬧；
薛蝌規矩到一絲不苟，薛蟠的人生卻一無章法，從不按牌理出牌；
薛蝌從不出錯，薛蟠幾乎總是亂七八糟。
薛蝌的漂亮好像少了溫度，像一個櫥窗裡的假人，漂亮卻僵硬。

薛蝌在《紅樓夢》裡不是一個容易受到注意的角色，他是薛蟠的堂弟，兩個人的個性卻是天壤之別。

薛蟠胡作非為，搶人未婚妻，包養小學弟，玩戲子，口出穢言開黃腔，總是有做不完的歹事，有被寵壞的「富二代」青年一切的壞。可是薛蟠極愚笨，「壞」加上「愚笨」，有一點搞笑，反而不讓人那麼討厭。

薛蝌剛好相反，正經八百，從不犯錯。他也曾經富貴，但是父母雙亡後家業中落，因此好像處處顯得謹慎小心。他的正經、小心，都有點讓人覺得過度拘謹了。

第四十九回薛蝌一出場，其實是有點讓人驚艷的。

四十九回賈府突然來了三家的親戚，一家是邢夫人的兄嫂，帶了女兒邢岫煙。一家是李紈的嬸嬸帶著女兒李紋、李綺。另一家就是薛蝌，聽說王熙鳳的哥哥王仁要進京，就搭便帶妹妹寶琴一起投靠。

薛蝌帶妹妹寶琴搭便趕來，是因為寶琴從小被父母指婚給梅翰林的兒子，因此趁王仁進京，想把這門親事完成，趕著有王仁這樣家勢正盛的親戚一起入京，足夠風光吧，便湊成了一夥。

這三家人進京，正是賈府大觀園的全盛時期。園裡忽然多出許多青年，又都是才貌出眾、博覽詩書的傑出人物。賈寶玉因此興奮地說：「老天，老天，你有多少精華靈秀，生出這些人上之人來！」

初見眾人，賈寶玉也特別指出對薛蝌的讚美：「誰知寶姐姐的親哥哥（指薛蟠）是那個樣子，他這叔伯兄弟，形容舉止另是個樣子，倒像是寶姐姐同胞的兄弟似的。」

賈寶玉這話是說給貼身丫頭襲人、晴雯聽的，有點像小孩子間的私密話，因此特別真實。這句真實的話裡，看得出寶玉初見薛蝌的驚訝，怎麼薛寶釵的親哥哥薛蟠如此粗俗不堪，而這個堂兄弟卻如此一表人才。

小說進行中，薛蝌也一直保有他優雅、正直、負責任、守規矩的性格。薛蝌應該是漂亮傑出的青年，但是接下來，薛蝌其實沒有特別讓人有印象的個性，也沒有特別讓人有記憶的事件。

他像是一個沒有自己的人，他的存在只是圍繞著妹妹薛寶琴。從一出場開始，他心裡就只懸念著一件事，就是要把妹妹跟梅翰林兒子的婚事完成。

薛寶琴很精采，從小跟著父親四處做生意，連外洋的女子也結交過。所有大觀園的女性中，薛寶琴是經歷閱歷最廣的一個。作者用許多篇幅描寫薛寶琴的漂亮、得體、聰慧，受大家喜愛敬重。相較之下，哥哥薛蝌除了寶玉初見面時的驚艷之外，再沒有任何讓人有印象的事了。好像寶玉在第一次的驚艷過後，也對這個漂亮的少年沒有更深刻的感覺了。

賈寶玉接觸的男性中，秦鐘有惹人疼愛的嫵媚，像鄰家男孩或弟弟；蔣玉菡有戲劇舞台上性別反串者發亮閃爍的豐富；柳湘蓮的漂亮裡則有冷冷不可親近的酷帥瀟灑。比較起來，薛蝌的漂亮好像就少了溫度，像一個櫥窗裡的假人，漂亮卻僵硬。賈寶玉初看驚艷，接下來就沒有感覺了，讀者對這個人物，也就很難有深刻印象。

薛蝌的家世背景作者描述不多。薛家是大家族，長房薛姨媽、薛蟠、寶釵這一房似乎很盛旺。而薛蝌這一房，或許因為父母早逝，薛蝌的壓力特別大，想跟有權勢的親戚保持關係，趕著投靠王仁進京，趕著投靠賈家，趕著依附薛姨媽，趕著讓妹妹跟梅翰林兒子趕快完婚。他操心的事，似乎都顯現出一個家道突然敗落的長子心裡的侷促緊張。

薛蝌是長兄，對妹妹的責任感可以了解，但是背後或許還隱藏著他潛意識裡對家庭沒落的恐慌吧。他不知不覺地努力靠近權勢親戚，他在權勢長輩前恭謹唯諾，幾乎看不到有任何自己的意見。包括他和邢岫煙的婚姻，也彷彿只是被眾人送作堆，聽從他人安排，他沒有一句自己的話。

《紅樓夢》作者常常用人物的對比或反襯寫法，例如黛玉與寶釵的對比，晴雯與襲人的對比。作者對人物沒有直接褒貶，只是對比，讓讀者自己下判斷。薛蟠和薛蝌也是一種反襯寫法，薛蝌正經八百，薛蟠則極胡鬧；薛蝌規矩到一絲不苟，薛蟠的人生卻一無章法，從不按牌理出牌；薛蝌從不出錯，薛蟠幾乎總是亂七八糟。

以小說創作的人物來說，薛蟠卻比薛蝌成功。薛蟠人性豐富、立體，像個真實的人；薛蝌則顯得貧乏、平面化，有一點假假的。

為什麼薛蟠做了如此多壞事，卻讓人不那麼討厭？為什麼薛蝌像一個沒有缺點的人，卻無法使讀者留下印象？

薛蝌比較重要的故事是在第八十五到九十一回，這些段落，極可能是補寫者的手筆，比較難推敲原作者對薛蝌的真正安排。

八十五回薛蟠又打死了人，被逮捕關在牢裡，薛姨媽心疼兒子，要拿錢關說司法，而營救薛蟠的事，就都由薛蝌出面。薛蝌一貫他的正直與忠心耿耿，薛姨媽甚至直接說，已經把薛蝌當成自己的「親兒子」。

薛蝌一心一意營救薛蟠，薛蟠的妻子夏金桂和陪嫁丫頭寶蟾卻都設圈套要染指薛蝌。兩個女人半夜送酒、送果點，百般誘惑，主僕兩個都各懷鬼胎，面對一個帥哥，淫慾難熬。九十回到九十一回，寫兩個女人用盡心機要佔有薛蝌肉體，許多猥褻描寫像《金瓶梅》，薛蝌始終目不斜視，不為所動，不為所亂。

薛蝌要保有清白正直，只是他太過畏懼膽怯，一味躲閃。在兩個母淫狼爪牙下，薛蝌發抖顫慄，顯得稚嫩怕事到像未經世事的少年處男，沒有一點英氣。

我還是在想：如果是原作者寫九十回這一段，薛蝌會不會有不一樣的面貌？

二十六

參禪

每一個人在愛恨糾纏中都可以這樣問自己，每一個人在
愛恨糾纏中也都可以這樣問對方。把各種關係的可能都攤開來看，
然後追問自己：你怎麼樣？追問對方：你怎麼樣？
愛恨牽連瓜葛，黛玉不是在參禪，她像修道者逼問生命的核心。

對於《紅樓夢》八十回以後，許多人大概都逐漸有共識，認為原作者只寫完前八十回，後四十回是其他人補寫的。（或如「脂硯齋」所言，原作寫了一百一十回，佚失三十回，剩下八十回。）

其實不一定從考證切入，文學本身的風格也相差甚遠。後四十回，無論文字修辭、敘事的技巧、人物刻劃的方式、事件描述編織的細節，都遠遠不如前八十回精采。

但是也有人認為，後四十回並非補寫者完全憑空捏造。有可能原作者已經寫了部分殘稿，後來的補寫者是依據殘稿演義成一百二十回本。

有一點可以證實，後四十回，的確還遵守著原作者大致的結構綱要進行補寫。小說一開始，第五回中，賈寶玉夢遊太虛幻境，作者其實已經完成重要人物的性格與命運輪廓。有了故事基本架構，後來的補寫者也等於按照這輪廓敷彩，添加一些枝節。因此，原作者整部小說的綱架其實已經建立起來了，前八十回與後四十回，在故事結構上大概一致。

只是，八十回以後，原作者究竟寫了多少？是完全沒有寫，還是零零散散已經有片段的手稿？如果有殘稿，後來的補寫者究竟保存了多少？參考了多少？增刪了多少？一連串的問題，都還沒有最後定論。

我自己的習慣，過去在高雄講四年《紅樓夢》，台北講四年《紅樓夢》，都只講完前八十回，完全沒有涉獵後四十回的內容。

最近幾年，因為在中廣一回一回講青少年版的《紅樓夢》，第一次考慮，為了顧全故事的完整性，引發青少年朋友聆聽和閱讀的興趣，決定把一百二十回的《紅樓夢》完整講完。

因此，陸陸續續整理後四十回的片段，卻也稍稍修正了自己過去對後四十回太過忽略的偏見。

後四十回當然少掉了原作者品格上的貴氣，或許生活經驗使然，原作者寫歐洲鐘錶，寫法蘭西紅酒，寫進口舶來藥品，寫法國金星玻璃（溫都里納）……，許多當時西洋的擺飾物件，不刻意炫耀，信手拈來，卻真有富貴氣。

後四十回的書寫者，顯然未經富貴，講富貴就有些造作，看起來太多學究八股，像在學校教書教久了、疲軟萎黃、沒有生命力的學究。八十二回〈老學究講義警頑心〉，賈代儒老冬烘，一本正經，要教訓青年寶玉讀書上進，然而他迂腐寒酸，總是要賣弄學問，道學氣薰人，掩蓋了原作者核心的生命價值——「青春」、「叛逆」、「流浪」，美感一掃而空，當然令閱讀者失望。

為了故事的完整性，更仔細閱讀後四十回，也偶然發現一些段落，與原作者書寫的精神本質可以契合，例如第九十一回結尾寶玉與黛玉參禪的一段。

這一段參禪公案常被人引用，的確是後四十回中讓人印象深刻的片段。

黛玉、寶玉參禪，有一個背景原因是：寶玉的婚事逼近了。

在第八十四回，王熙鳳提出讓寶釵和寶玉結親，賈母、王夫人都已默認。婚姻安排確定了，寶釵已經知道，因此躲著寶玉。薛姨媽到賈家，寶釵都不跟著。寶玉問寶釵怎麼不來，大家也都支吾敷衍過去。

寶玉沒有心機，有點怨怪寶釵怎麼疏遠了。寶玉一直無法長大，保有他孩子氣的天真無邪。黛玉心思敏銳，她很快感覺到其中有大人們隱瞞的事，也很快猜透事情真相。

黛玉與寶玉的情感是前世的因果，這一世來，她也只是要還掉眼淚，「欠淚的，淚已還」，眼淚還完，她也就要走了。因此，參禪像是最後一次攤牌吧。她不要有人世的牽連瓜葛，有點像尤三姐刎頸自盡而亡，表面看好像是為了她愛了五年的柳湘蓮，然而尤三姐魂魄回來，跟柳湘蓮說的是：「與君兩無相涉。」

《紅樓夢》如果要講青春、叛逆、流浪，原是要了悟、解脫愛恨牽掛。

參禪便從這公案開始，林黛玉直白地說；「我便問你一句話，你如何回答？」

寶玉盤腿、合手、閉起眼睛，說：「講來。」

黛玉的公案直接了當，真像《指月錄》裡禪宗祖師的問話：

寶姐姐和你好，你怎麼樣？寶姐姐不和你好，你怎麼樣？寶姐姐前兒和你好，如今不和你好，你怎麼樣？今兒和你好，後來不和你好，你怎麼樣？你和她好，她偏不和你好，你怎麼樣？你不和她好，她偏要和你好，你怎麼樣？

這段驚人的問話，有時候覺得，今天青年人的愛恨糾纏，不過也就是這些關係吧。黛玉的愛情公案問到這樣徹底，問到寶玉無所逃遁，也問到自己無所逃遁。愛恨牽連瓜葛，黛玉不是在參禪，她像修道者逼問生命的核心。

每一個人在愛恨糾纏中都可以這樣問自己，每一個人在愛恨糾纏中也都可以這樣問對方。把各種關係的可能都攤開來看，然後追問自己：你怎麼樣？追問對方：你怎麼樣？

那就是黛玉徹底要了結自己的訊號嗎？

一段使人啼笑皆非的公案，讀完這一段，剛想哭，就破涕而笑。

果然，寶玉「呆了半晌」，「忽然大笑」說：「任憑弱水三千，我只取一瓢飲。」

寶玉說的如此篤定，可以安黛玉的心，也安自己的心吧。

然而黛玉眼淚的功課已經做完，她該還的淚水都還完，就要走了。她說：「瓢之漂水，奈何？」

寶玉跟前世的知己做當下的功課，他說：「非瓢漂水，水自流，瓢自漂耳。」

黛玉再追問一句：「水止珠沉，奈何？」

塵世間還會有不能了斷的最後的黏滯沾染嗎？

把這一段公案解作二人的愛情，弱水三千，只取一瓢，反落了俗套。「水自流，瓢自漂」，只是「與君兩無相涉」吧，是黛玉的了悟，也是寶玉的了悟。

這一段參禪最後的畫面像是佛的一偈，屋簷下一隻烏鴉呱呱叫著，向東南飛去了。

我總覺得，這是黛玉的死亡，自己決定的死亡。至於九十八回「魂歸離恨天」，也只是肉身的「離恨」吧。八十回以後，原作者青春叛逆的魂魄還是時時回來了。

二十七

巧姐

巧姐名字的來由，隱含著民間的信仰和生命哲學。
就像劉姥姥與巧姐，就像巧姐與板兒，原來八竿子打不到一起的關係，
一富貴，一貧賤，但是他們之間有不可知的因果，
作者用「巧」這個字，把看來無關的生命連繫起來。

巧姐在《紅樓夢》裡應該是一個重要的角色，小說第五回十二金釵的判詞裡就有這個人物——「勢敗休云貴，家亡莫論親。」顯然，巧姐的故事是在賈府抄家敗亡之後才重要起來的，因此，如果原作者只寫到八十回，巧姐的重要性就還沒有出現。

巧姐是王熙鳳的女兒，從小當然受寵。前八十回她還是小女孩，第二十一回她出疹子，王熙鳳拜痘疹娘娘，細心照顧。除此以外，沒有太多重要事件描述。四十回以後，寥寥幾段小事，看起來微不足道，原作者還是為巧姐勾劃出了使人印象深刻的輪廓。

印象最深的，是劉姥姥與巧姐若即若離的關係。劉姥姥是鄉下窮老太婆，日子快過不下去了，偏又遇到一個撐不起家的女婿王狗兒，不事生產，只會在家裡打孩子罵老婆。劉姥姥沒辦法，硬著頭皮帶著孫子板兒進城去碰運氣。她知道女婿王狗兒先祖跟王熙鳳家族結拜過，王熙鳳家族後來一路發達，做大官，氣焰高漲。王狗兒家正好相反，衰敗沒落，混到鄉下種田，飯都吃不飽。

這八竿子打不到一起的家族古早關係，劉姥姥覺得是個機會，不可放棄，她就要到賈家去試試運氣。

皇天不負苦心人，劉姥姥運氣還真好，第一次去賈家，誤打誤撞，就見到了王熙鳳，要到二十兩銀子，也拉上了關係。

劉姥姥第二次去，運氣更好，見到了賈母。賈母喜歡劉姥姥逗趣開心，留她住下來，逛大觀園。也就是那一次，劉姥姥見到王熙鳳還抱在懷裡的女兒巧姐。巧姐因為陪著逛花園，受寒發燒，鳳姐嗔怪劉姥姥，劉姥姥說不是病，是撞了花神，鳳姐就找《玉匣記》看如何除祟避邪穢。

巧姐當時連名字還沒取，大戶人家富貴嬌寵的小孩，常常生病，鳳姐就跟劉姥姥說：「她還沒個名字，你就給她起個名字。一則借借你的壽；二則你們是莊家人，不怕你惱，到底貧苦些，你貧苦人起個名字，只怕壓得住她。」

這是民間的生命哲學，相信冥冥間一種平衡吧，借鄉下人粗野強壯的生命力，或許可以避過孩子太嬌嫩的天忌。

劉姥姥問生辰，鳳姐說就是生辰不好，七月初七乞巧節生，因此老生病，身體不好。劉姥姥因此給這女孩取名「巧姐」，說是「以毒攻毒，以火攻火」的法子，既然生在乞巧節，就叫巧姐，無所懼怕避忌，也就破了天忌。

劉姥姥說，用這「巧」字為名，以後長大，「必然遇難成祥，逢凶化吉，都從這『巧』字兒來。」

這是巧姐名字的來由，隱含著民間的信仰和生命哲學。《紅樓夢》的作者似乎也相信冥冥中有因果。就像劉姥姥與巧姐，就像巧姐與板兒，原來八竿子打不到一起的關係，一富貴，一貧賤，但是他們之間有不可知的因果，作者用「巧」這個字，把看來無關的生命連繫起來。一直到作者死去，小說沒寫完，但是從第五回的判詞、曲子、畫圖裡，讀者已經感覺到了劉姥姥、巧姐、板兒間未來的關連。

作者好像相信，劉姥姥這種踏實在土地上生活的人，有一種智慧，與傲慢放肆無信仰的人不同。傲慢放肆，不敬因果，報應就常在自己或兒女身上。

王熙鳳精明，有時狠毒，做了不少傷天害理的事，但她跟劉姥姥有緣，偶然救濟了這鄉下窮老太太，不想就伏下了他日巧姐在賈家敗亡後遇難獲救的因果——「偶因濟劉氏，巧得遇恩人。」小說一開始，判詞裡就這樣安排，把因果說得很清楚了。

〔留餘慶〕留餘慶，留餘慶，忽遇恩人；幸娘親，幸娘親，積得陰功。勸人生，濟困扶窮，休似俺那愛銀錢忘骨肉的狠舅奸兄！正是乘除加減，上有蒼穹。

這是《紅樓夢》十二金釵曲子裡有關巧姐的唱詞。王熙鳳救濟劉姥姥，積了「陰功」，以後抄家敗亡，巧姐被「狠舅（王仁、賈環）奸兄（賈芸）」陷害時，就得到劉家的幫助，避難到農村。

小說來不及寫完，但讀者大多知道：天道循環，劉姥姥與巧姐初見面，正是有她們自己都不知道的因果。

續寫的作者也順著這一線索，寫王仁、賈環、賈芸如何設計陷害巧姐，一一三回鳳姐臨終向劉姥姥託孤照顧巧姐，一一九回劉姥姥作主，安排巧姐嫁給家財萬貫的大地主，結局與判詞繪畫裡巧姐在鄉下農村紡紗的畫面不同了。

我最喜歡有關巧姐的片段是第四十一回，作者寫巧姐與板兒兩個小兒的遊戲：

忽見奶子抱了大姐兒來，大家哄她玩了一會。那大姐兒因抱著一個大柚子玩，忽見板兒抱著一個佛手，大姐兒便要。丫鬟哄她取去，大姐兒等不得，便哭了。眾人忙把柚子給了板兒，將板兒的佛手哄過來與她纔罷。那板兒因玩了半日佛手，此刻又兩手抓著些果子吃，又忽見這柚子又香又圓，更覺好玩，且當球踢著玩去，也就不要佛手了。

我喜歡脂硯齋在這一段做的批註——「小常情，遂成千里伏線」。脂硯齋的批註說：柚子「香圓」與「緣」通，佛手「正指迷津者也」。「佛手」像是救贖，這段交換柚子、佛手的小兒之戲，看來是玩耍，卻是「千里伏線」，藏著板兒、巧姐的因果隱喻吧。

脂硯齋的批註與原文對照，真是好看。脂硯齋何許人也，到現在也還爭論不休。此人與《紅樓夢》作者是極親近的人，脂批處處看出書中故事發生時，他（她）都在現場。我甚至懷疑：脂批的人，有可能就是作者本身嗎？

十年間回憶家族榮華富貴，十年間一一批註自己寫的故事，故事原文、批註，黑字、紅字交錯，使讀者撲朔迷離，會不會更像一種創新的實驗文體？

二十八

列女傳

前八十回，讀者感覺到如此強烈的青春、叛逆、流浪的生命核心價值。
但是到九十二回，賈寶玉突然照本宣科起最教條的
《列女傳》、《女孝經》，原來充滿叛逆個性的寶玉突然不見了。
青少年叛逆典型的寶玉，突然間變成他一向最懼怕、一本假正經的父親。

補寫的《紅樓夢》，看到第九十二回，有異常突兀的感覺。每次讀到這一回，寶玉跟巧姐講述古代歷來「賢良」女性，講《列女傳》，講《女孝經》，就感嘆：《紅樓夢》怎麼變了樣子。

這一回裡寫巧姐長大了，跟一位叫李媽的女人認字，認了三千多字，還讀了《女孝經》、《列女傳》，賈母誇讚巧姐用功，將來會比她母親不認識字強。賈母也叫寶玉給巧姐理一理讀過的書，看她書讀得明白不明白。寶玉這做二叔的，就認真跟巧姐談起古來的賢德女子。

漢朝劉向的《列女傳》，唐朝陳邈妻子鄭氏的《女孝經》，都曾經是古代影響廣大的女性教科書。以劉向的《列女傳》來說，書中列舉了一百零五位女性賢良典範，東漢魏晉時代常在民間繪畫中出現。連偏遠西北邊陲和林格爾的出土墓葬，壁畫中也有《列女傳》故事。東晉顧愷之也畫過《列女仁智圖卷》，目前還有宋摹本傳世。繪本，比文字影響力更大，《列女傳》以圖繪形式流傳，可見這部書如何深入民間，對一個民族的思想發生過多麼大的教化作用。

九十二回〈評女傳巧姐慕賢良〉，巧姐，一個十幾歲的少女，讀《列女傳》中「無鹽」、「姜后」的故事，仰慕這些古來做為政治倫理楷模的女性。最奇怪的是，一向鄙視迂腐道德傳統的賈寶玉，忽然像一個假道學先生，一本正經，也歷數起賢德女性來了。

這裡提到的「無鹽」、「姜后」，現代青年大多不熟了。「姜后」、「無鹽」是誰？《列女傳》裡究竟如何描述這些女性？

「姜后」的故事比較簡單，講周宣王愛睡懶覺，荒廢朝政，王后姜氏就脱去身上簪環珠寶，跪著待罪永巷，表示帝王荒疏朝政，睡得晚起了，都是自己的罪過。好像自己不裝扮美麗，帝王就會認真上班。

「無鹽」的故事，比姜后聽起來更荒謬。「無鹽」是山東一個地名，這地方出了一個女子叫鍾離春。「鍾離」是複姓，單名「春」字。鍾離春很醜，年紀過了四十，嫁不出去。有一天她忽然發飆，跑到齊宣王的宮殿，指責宣王寵愛美女，不理朝政，提出國家有四大危險（四殆），要齊宣王趕快解決。一個極醜的女人，在總統府發起飆來，已經夠奇怪了；更怪的是，齊宣王竟然因此大大省悟，不但接受鍾離春的進諫諍言，痛改前非，還加封這醜怪女人為「無鹽君」，立為王后，從此安邦定國，齊國因此強盛起來。

這故事很弔詭，齊宣王原來身邊一堆美女，宴樂無度，忽然受醜怪嫁不出去的「無鹽」感召，人生有一百八十度轉彎。當然，不可以貌取人，無鹽可能口才好，有政治見解，但我總覺得讓她做監察委員也就可以了，討回家做老婆就太匪夷所思了。

清末民初像胡適這些學者，都抨擊過《女誡》、《女孝經》這一類教科書，覺得故事不合情理，長期毒害中國婦女。

《紅樓夢》的原作者，我一直認為是十七世紀中國啟蒙運動的大思想家。他對傳統父權、夫權、男權都有批判，他也極力讚揚女性獨立自主的才華。《紅樓夢》的革命性，絲毫不遜色於歐洲啟蒙運動的盧梭、伏爾泰。

但是，到了九十二回，寶玉竟然侃侃而談，跟巧姐讚美起這些樣板化女性：

那文王后妃不必說了。那姜后脫簪待罪和齊國的無鹽安邦定國，是后妃裡頭的賢能的。

太奇怪了，這是我們認識的那個賈寶玉嗎？是那個十三歲喝醉酒，睡在姪媳婦秦可卿臥房裡的賈寶玉嗎？是那個夢遊太虛幻境，和長相如秦可卿一般美麗的仙姑做愛至遺精驚醒的少年嗎？

講解《列女傳》的賈寶玉，忽然變了樣，不是讀者在前八十回認識的賈寶玉了。

在小說前八十回中，賈寶玉、林黛玉、探春、妙玉、晴雯、鴛鴦、司棋、金釧、齡官、蔣玉菡、柳湘蓮、尤三姐、芳官、藕官，一個一個有個性的青春生命，如此活潑，勇於背叛世俗迂腐教條，用各種不同形式完成真實的自己。

讀前八十回，讀者感覺到如此強烈的「青春」、「叛逆」、「流浪」的生命核心價值。但是，到了九十二回，賈寶玉突然照本宣科起最教條的《列女傳》、《女孝經》，原來充滿叛逆個性的賈寶玉突然不見了。青少年叛逆典型的賈寶玉，突然間變了一個人，變成他一向最懼怕的、一本「假」「正」經的父親。

讀九十二回〈評女傳巧姐慕賢良〉，深深嘆息，《紅樓夢》其實已不是《紅樓夢》了。

我在九十二回停下來，回憶前八十回的少年賈寶玉的種種。

這是那個曾經在春天桃花樹下偷看禁書《會真記》的賈寶玉嗎？

這是那個一向把活著只為考試做官的讀書人稱作「祿蠹」的賈寶玉嗎？

這是那個別人一勸他考科舉做官就發脾氣的青少年賈寶玉嗎？

這是那個心疼丫頭金釧死亡而孤獨出走的賈寶玉嗎？

這是那個為衛護老王爺包養的戲子蔣玉菡而被父親毒打的賈寶玉嗎？

曾經喜歡過賈寶玉身上「青春」「叛逆」氣息的讀者，讀到第九十二回，大概都大吃一驚，這賈寶玉變了嗎？他為何忽然像死氣沉沉在講壇上搖頭擺尾、毫無熱情的酸臭學究？他像賈政了，他像賈代儒了，他像圍繞在父親身邊那些最讓人瞧不起的清客、混飯吃的讀書人，作者給這些人取名字叫「詹光」（沾光）、「卜固修」（不顧羞）、「單聘仁」（善騙人）。

賈寶玉的青春消逝了嗎？賈寶玉的叛逆消逝了嗎？賈寶玉隨風化去的孤獨流浪意識不見了嗎？

許多人遺憾《紅樓夢》沒有寫完，其實也許應該遺憾：《紅樓夢》被接上了完全不對的結尾。

看到賈寶玉一本正經，教導比她小的巧姐如何做一個虛假的「賢良」女性，還是心痛，也因此省悟，民族的「啟蒙」多麼珍貴，也多麼難得。

二十九

柳五兒復生

已經娶了寶釵的寶玉，念念不忘晴雯，夜裡看到五兒
穿桃紅綾子小襖，剪蠟燭花，服侍寶玉漱口、喝茶，寶玉神思恍惚，
覺得是晴雯復生。「五兒承錯愛」，補寫摹仿前八十回的痕跡
還是太明顯，沒有原創的自由灑脫了。

《紅樓夢》中的一個小人物——柳五兒的生、死，曾經是紅學界引起很大爭議的一個話題。

原著第六十回柳五兒出現，她是大觀園主廚柳嫂子的女兒，排行第五，就叫五兒。《紅樓夢》一開始，大觀園裡住的賈寶玉、林黛玉、薛寶釵、迎春、探春、惜春等小姐少爺，每次吃飯時間都要到花園外跟賈母一起用膳。賈母很明理，覺得這樣拘束了孫子孫女。天氣若是寒冷，每餐飯跑來跑去，也怕孩子們辛苦勞累。因此特別在大觀園裡安排了一個小廚房，專門伺候園裡的人用膳。柳嫂子就擔任了這個大觀園小廚房的主廚。

柳五兒是廚役的女兒，照理說，那個年代「廚役」是下等工作，出身不高。柳五兒十六歲，按賈府規矩，也必須接一些差事來做。但是五兒長得好，身體天生孱弱，母親心疼這個女兒，怕她的身體做不了粗重的活兒，受不了委屈。柳嫂子因此想方設法，覺得五兒最好的出路，就是進怡紅院做寶玉的丫頭。

大家都知道寶玉特別疼愛丫頭，在怡紅院當差，事情少，又受愛護，不會勞累，不會受主人責罰奴役。也因為如此，怡紅院的丫頭，像是今天的「金飯碗」，一有出缺，多少人都要搶。

為了安排五兒進怡紅院，柳嫂子煞費苦心。她終於找到一個有希望的門路，就是怡紅院的丫頭芳官這條線。

芳官原來唱戲，戲班解散後，分派到怡紅院當差，跟寶玉特別要好，兩人像兄弟一樣。柳嫂子自己無法靠近寶玉，但知道芳官在寶玉面前說話有一定的分量，就努力經營這一人脈。芳官聰明伶俐，人也漂亮可愛，她常常為了傳達寶玉要吃什麼，跑到柳嫂子的廚房。

第六十回裡就有一段，寫芳官到廚房，跟柳嫂子傳話說：「寶二爺說了：晚飯的素菜，要一樣涼涼的酸酸的東西，只別擱上香油弄膩了。」

《紅樓夢》原著好看，常在這些細節上。沒有經過富貴的人，大概會寫寶二爺傳話，要吃魚翅、燕窩什麼的。但這一段傳話極精采，「涼涼的、酸酸的」，到底是什麼東西？柳嫂子大概還必須細心體會。一小段傳話，就透露出背後真正富貴的情境品格。

柳嫂子很高興芳官來了，也很會奉承，忙說：「今兒怎麼又打發你來告訴這麼句要緊的話呢？」又說：「你不嫌骯髒，進來逛逛。」

《紅樓夢》原著的人際關係，微塵眾生的卑微細緻心機，都在這些小事上，作者看到了、理解了，卻一無褒貶。好就好在「一無褒貶」，所以耐看，文學書寫一入褒貶，氣度就小，也失了格局。

芳官進廚房，正巧碰到探春房裡的丫頭翠墨派小丫頭小蟬來拿熱糕。芳官看到熱糕想吃，小蟬心裡忌恨，說了一句：「你們還稀罕這個。」大觀園各房也都明爭暗鬥。

柳嫂子趁機趕緊巴結芳官說：「你愛吃這個，我這裡有才買下給你姐姐吃的……」芳官拿了糕，故意氣小蟬，掰著丟給鳥雀兒吃。

柳嫂子處心積慮都在女兒身上，她把熱糕給芳官，說是「你姐姐的」，這「姐姐」也就是五兒。

五兒身體不好，芳官也關心，跟寶玉要了珍貴的「玫瑰露」給五兒服用。而且知道五兒喜愛，就回去跟寶玉再要，寶玉就把剩下的半瓶連瓶子一起給了。

玫瑰露是御用的珍品，柳嫂子跟五兒看到「半瓶胭脂一般的汁子」，起先還以為是寶玉吃的「西洋葡萄酒」。

這玫瑰露後來引出了大麻煩。因為柳嫂子帶了些玫瑰露出大觀園，給自己生病的姪兒吃。這姪兒跟帳房的兒子錢槐要好，錢槐愛五兒，但數次提親都被五兒拒絕，兩家也有尷尬，這玫瑰露的事就傳出去了。後來在廚房抄查出玫瑰露瓶子，柳嫂子被解職，五兒身上搜出「茯苓霜」，也被囚禁。

玫瑰露和茯苓霜事件後來雖然解決，還了柳家母女清白，但原著前八十回中，五兒始終沒有進入怡紅院做丫頭。而且，到了第七十七回，王夫人抄查怡紅院，從病床上拉起晴雯，趕走了芳官、四兒，王夫人把大觀園裡有個性、有獨立思考、美貌聰明的丫頭一一趕走。攆逐芳官時，王夫人給的罪狀之一，就是「調唆寶玉要柳家的丫頭五兒」，王夫人接著說了一句：「幸而那丫頭短命死了……」

在七十七回被王夫人說「短命死了」的柳五兒，卻在補寫的第一〇一回奇蹟似地復活了。第一〇一回，王熙鳳提起晴雯，提起跟晴雯模樣相似的柳五兒，說起王夫人不喜歡長得美的女孩兒在寶玉房裡做丫頭，但如今寶玉已經成親，王熙鳳覺得要了寶玉房裡的丫頭小紅，還沒有補缺，就說：「明兒我就叫她進來……」五兒顯然沒有死。

在續寫的《紅樓夢》第一〇八回、一〇九回都有柳五兒出現。她終於進了怡紅院做丫頭，服侍寶玉。也因為長得像晴雯，常常引起寶玉把思念晴雯的心思錯置在五兒身上。

最明顯的是第一〇九回〈候芳魂五兒承錯愛〉，已經娶了寶釵的寶玉，念念不忘晴雯，夜裡看到五兒穿桃紅綾子小襖，剪蠟燭花，服侍寶玉漱口、喝茶，寶玉神思恍惚，覺得是晴雯復生。

林語堂覺得這一回寫得好，應該是原著殘稿。俞平伯不同意，認為只是「彷彿原作」。朱一玄也有長文，論述五兒其實沒有死亡。學界針對五兒的爭議莫衷一是。但是細看林語堂讚美的第一〇九回裡的五兒，寶玉說「夜涼」，把自己的月白綾子棉襖遞給五兒，五兒不肯接。這些「彷彿」晴雯的片段，的確和原作還有距離。「五兒承錯愛」，補寫摹仿前八十回的痕跡還是太明顯，沒有原創的自由灑脫了。

三十

結局—結局？

荒唐真好，因為荒唐，不在意結局，
不斷寫生活過程細節，「結局」彷彿被遺忘了。
我們從僵化的「結局」邏輯裡解脫出來，
對時間、空間、人性都有更自由的認識與思維。

年輕時看電影，讀小說，常常急著要知道結局。

《紅樓夢》在通俗的故事版本裡，無論是漫畫、繪本、戲劇，或現代的連續劇、電影，大概總還是以寶玉、黛玉、寶釵這三個人的愛情做為敘述主線。《石頭記》前八十回原著，這三個人的關係沒有「結局」，留下許多讓後人揣測的可能，讓人著急。

許多讀《紅樓夢》的人，至今都關心這三個人的「結局」，到底寶玉跟誰結婚了？寶釵？還是黛玉？

後來的補寫者，也關心這個「結局」，他在第九十七回安排了這一愛情主線的結局——〈林黛玉焚稿斷痴情，薛寶釵出閨成大禮〉。林黛玉死了，寶玉跟寶釵結婚。這一安排是否原作者最初故事的原貌，歷來也有議論。原作者對兩位女性的描述，其實充滿了複雜矛盾的糾葛，很難只是簡化的「結局」可以論定。

前八十回，作者好像不關心「結局」，吃飯、看花、寫詩、生氣、鬧彆扭……，沒完沒了。沒有寫完「結局」，作者死了。

但是，前八十回沒有結局嗎？小說一開始，第五回，賈寶玉夢遊太虛幻境，翻閱了一本一本的詩畫冊，其中的判詞，已經清楚透露了書中主要女性的「結局」。

因此，對閱讀者來說，到底應該重視哪一個結局？

例如，一再被拿出來做例子的秦可卿，在第五回太虛幻境被暗示是遭公公逼姦而死，畫中也有上吊自殺的女子。但是在小說的第十三回，秦可卿是生病死的。同一個秦可卿，都是原作者的手筆，尚且出現如此矛盾背反的結局寫法。

原作者對這樣的矛盾背反不會不察覺，但是他也不改正，好像也不在意矛盾不能並存。

「滿紙荒唐言」，他用「荒唐」做藉口，讓一部小說在許多看來「失誤」、「矛盾」的情節中進行，真真假假。他講得如此明白，「假作真時真亦假」，「真」與「假」可能是他創作上最拿手的論述技巧，「甄」與「賈」也是他一開始就佈下的瞞天過海的伎倆。好像是隱喻，但其實再清楚明白不過了。

因此，補寫後四十回的人，處處想依循前八十回的線索，透過蛛絲馬跡，想能接得上前八十回的書寫邏輯。卻不知前八十回原作者的「邏輯」也是天馬行空，若即若離。後來的補寫者綁手綁腳，怎麼追趕也顯笨拙，讓人十分同情。

寶玉、黛玉、寶釵，的確是故事中一條鮮明主線，但也絕不是一般通俗影劇的簡單廉價愛情。

如果我們重視第五回原作者的「結局」觀點，就不妨把幾個女性的判詞拿出來反覆比較閱讀。我相信第五回的判詞裡，還是藏著原作者最多的原始創作結構的提要。

大家都知道，判詞是一人一首，例如寫元春的判詞是：「二十年來辨是非，榴花開處照宮闈。三春爭及初春景，虎兔（兕）相逢大夢歸。」這是寫元春進宮封為妃子的隱喻，三春也就是她三個妹妹——迎春、探春、惜春。「虎兔相逢」寫元春的死亡，前八十回沒有寫到，補寫者就迎合第五回的「寅」「卯」這兩個字，經營安排了元春的死亡。

第九十五回，小太監傳諭：「賈娘娘薨逝。」文中說「是年甲寅年十二月十八日立春；元妃薨日是十二月十九日，已交卯年寅月，存年四十三歲。」

補寫者處處努力依循第五回的暗示，讓「結局」能與前八十回的暗示統一。但是原作者天馬行空的本領太強了，後寫者努力想一致，卻反而受了限制。

這有點像王羲之的〈蘭亭集序〉，都說多「神」，但沒有人看過原作，今天傳世王羲之所有的帖都是摹本。唐代臨摹的人還有些看過真跡吧，但初唐之後，所有〈蘭亭集序〉都是摹本的摹本，代代作「假」，一直到今天。若還以為自己寫的是真正的〈蘭亭集序〉，就真是笑話了。

《紅樓夢》的原作與補寫，也存在著很類似的現象。補寫者硬是要湊上「虎」「兔」、「寅」「卯」，元春的死亡就定在四十三歲。很多學者已經談過，元春的年齡也是原作者的「矛盾」、「背反」。

小說第二回冷子興敘述賈府的事，說賈政的夫人王氏「生了一位小姐，生在大年初一」，「不想次年又生了一位公子」。生在「大年初一」元旦，所以取名「元春」，「次年」生的公子就是賈寶玉。以這一段敘述來看，姐弟只差一歲。但到了元春教寶玉讀書，回家省親撫摸寶玉，兩人年齡已有相當差距。

補寫者要遷就「寅」「卯」，元春死時四十三歲，按照邏輯，寶玉就應該是四十二歲了。但是，顯然賈寶玉沒有長大，別人都在長大變老，他還是小說開始時的少年。《紅樓夢》的時間很「荒唐」，在原作文字書寫中找「邏輯」，可能自找苦吃。

不只時間是荒謬的，人物的個性其實也充滿變異的流動性。書中的「甄寶玉」、「賈寶玉」可以看作兩個人，也可以看作同一個人。作者大概深通現代心理學的「兩個自我」或「多重自我」，可以在矛盾分裂中出入而無尷尬。

人物角色交錯迷離，也早有人提出黛玉、寶釵合為一體的關係。因為第五回的判詞，每人都單獨一首，只有黛玉、寶釵是兩人合一首：「可嘆停機德，堪憐詠絮才。玉帶林中掛，金簪雪裡埋。」這四句裡，林黛玉的名字，薛寶釵的名字，都用諧音嵌入。彷彿作者在「牡丹」、「芙蓉」之間有好多徬徨矛盾，他因此把兩名女性在判詞裡合為一體了嗎？

荒唐真好，因為荒唐，不在意結局，不斷寫生活過程細節，「結局」彷彿被遺忘了。我們從僵化的「結局」邏輯裡解脱出來，對時間、空間、人性都有更自由的認識與思維。

《紅樓夢》，做為華人最初思想啟蒙運動的重要典籍，走得如此先進，可能有我們意想不到的時代突破性。

三十一

黛玉焚稿

把結為夫妻，或不結為夫妻，做為唯一結局來思考，
會不會誤解或限制了原作者對「緣分」的多元看法？林黛玉是草，
賈寶玉是石頭，他們沒有「婚姻」，甚至不是「愛情」，不是「友誼」，
他們只是前世的知己，一個澆灌過水，一個要用眼淚來還。

第九十七回黛玉病重，焚燒詩稿，告別人間。

黛玉曾經是天上的一株絳珠草，她受一塊石頭的恩惠，澆灌甘露之水，得以生長茂盛。石頭後來日日夜夜修行，成了男身，口中啣著一塊玉，投胎人間，就是賈寶玉。那一株草，因為受他人恩惠，無以為報，身體裡就鬱結著一段深情。她也日日夜夜修行，最終修成了女體。她想：既然石頭下世為人，她也到人間走一遭，把得來的水還他。這絳珠草降世為人，就是林黛玉。

林黛玉是終日啼哭的，世俗中人都不知道她為什麼老是要哭。讀過前面的神話因果，知道林黛玉就是那株草，她沒有甘露之水可以還，就決定以一生的淚水來還。「欠淚的，淚已盡」，熟悉《紅樓夢》原作者的生命價值，或許不會堅持林黛玉一定要跟賈寶玉結為夫妻。她到人間來，不是為了結婚，只是為了還眼淚。眼淚還完，就可以走了。

《紅樓夢》原作者的小說沒有寫完，大家都覺得遺憾。後四十回的補寫者，很努力安排結局，第九十七回就是極重要的一段結局：〈林黛玉焚稿斷痴情，薛寶釵出閨成大禮〉。

有學者讚美補寫者這一段結局的安排，沒有落入傳統中國戲劇小說「大團圓」的陳腐窠臼。林黛玉沒有跟所愛的賈寶玉結婚，成為夫妻。相反的，她絕望而死，焚燒了詩稿，留下令人惋嘆的悲劇。這是中國傳統才子佳人故事裡，少有以悲劇結束的特例，因此讓補寫者受到了某些學者的讚美。

如果是原作者，究竟會怎麼寫這一段結局？許多人都好奇，也都在猜測。

如果以小說一開始的神話故事來看，一塊石頭，一株草，他們有「水」的緣分。石頭用甘露之水澆灌這株草，草修行成人，幾世幾劫，她無以為報，便決定在人間，在這一世，用眼淚來償還。

眼淚償還完了，她也就要走了。這才是真正的結局吧。

把婚姻做為結局，會不會只是一般世俗的概念？把結為夫妻，或不結為夫妻，做為唯一結局來思考，會不會誤解或限制了原作者對「緣分」的多元看法？

《紅樓夢》最重要的價值，在於原作者思想的自由，他在這本書中，對性別、對緣分、對生命與生命的關係，都沒有落入保守固定的世俗成見。

討論林黛玉和賈寶玉要不要結婚的結局，也許應該回到原作者對生命最本質的關心原點來觀察。他在小說裡維持一貫對生命的開放態度，不貼標籤，不下結論，不落褒貶，使一個人物角色始終在流動不定型的狀態。

應該舉小說裡實際的例子來看，原作者談人與人的情感，自由而開放，有許多今日的概念與成見都無法框架的關係。

例如，賈寶玉與秦鐘，兩個同性少年戀愛的關係，究竟是愛情？還是友誼？或者只是青春期很本能的同性吸引？因為撲朔迷離，作者從不明確定義，歷來討論的學者也眾說紛紜。習慣歸類的人，自然很輕易把賈寶玉和秦鐘歸類為「gay」。張愛玲說她在美國教《紅樓夢》，美國學生就明指賈寶玉是「gay」，張愛玲也大不以為然。

以賈寶玉和秦鐘來看，他們的真實關係始終只是若即若離。他們當然要好，好到什麼程度？作者不說。他們最要好的同時，秦鐘姐姐死了，出殯停靈在饅頭庵，秦鐘就調戲起小尼姑智能兒，肆無忌憚到半夜在廟裡就壓著智能兒強迫求歡。

這些關係，作者只當不可解的「緣分」來寫，人與人的關係複雜多元，可能是「愛情」，可能是「友情」，可能是「婚姻」，可能是「性慾」。把這些元素拆散來看，我們跟著《紅樓夢》的文字繼續思考：「婚姻」中，可不可能沒有「愛情」？「愛情」，可不可能沒有「婚姻」？「婚姻」，可不可能沒有「性」？「性行為」，當然常常沒有「婚姻」，也沒有「愛情」。

把人的關係拆解開來，賈寶玉和秦鐘，就很難貼上標籤，作者也因此沒有一點是非褒貶。作者只寫事件細節，讀者在最開放的方式下，閱讀一段一段故事，一個一個人物，沒有任何作者的指導或暗示。

喜好下結論的人，喜好評斷是非的人，喜好褒貶他人的人，喜好在事件裡發表意見的人，其實是不能寫小說的，寫了，也不會好看。作者太多意見，太多結論，讀者看不到事件真相，只被狹隘主觀的結論牽著鼻子走，失去了自我思考的能力。

文學，好的文學，在於給人自由，啟發思考，而不是越讀越不自由，越讀越失去自己思考的能力。好的創作者，應該在讀者開始思考的時候停止說話。

《紅樓夢》如此長時間被無數人討論，正是因為它無限開放的書寫方式，給予讀者最大的思考自由吧。

所以，林黛玉會糾纏在作者「結婚」或「不結婚」這樣的世俗的結局中嗎？

林黛玉是草，賈寶玉是石頭，他們沒有「婚姻」，甚至不是「愛情」，不是「友誼」，他們只是前世的知己，一個澆灌過水，一個要用眼淚來還。

把林黛玉跟賈寶玉送作堆，那畫面一定難看不堪。但是，想一想，因為黛玉不和寶玉結婚，因此扼腕嘆息，好像也不應該是作者的原意吧。

第九十七回不是原作者寫的，許多人覺得寫成了悲劇，沒有落俗套，已經難能可貴。但是，我還是好奇，原作者會怎麼寫？

因為前八十回處處令人意外，處處令人吃驚，作者寫一個青春期的少年，就是不要讀學校的書，就是不肯讀考試做官的書，可以在夢裡跟姪媳婦發生性關係，可以迷戀一個男戲子，第一次見面就交換貼身繫內衣的汗巾子。

微塵眾生，他如此一一寫來，無憎無愛，他究竟會如何寫這一株草的結局？

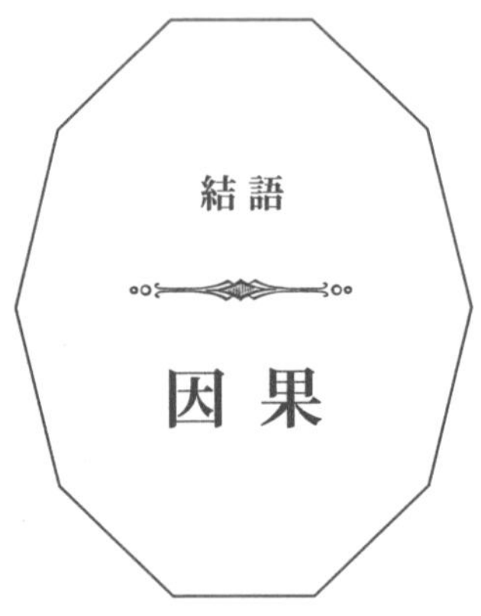

結語

因果

《紅樓夢》是相信因果的。東方民間也多愛談因果，但大抵民間所說的因果，容易落入「善有善報，惡有惡報」的簡單邏輯。邏輯太過簡單，運用在複雜多變的現實上，常常就偏不是如此。

「善無善報，惡無惡報」，大家看多了，就懷疑：為什麼這個人作惡多端，偏偏好得很？為什麼另一個人如此善良，卻命運乖蹇？

簡單邏輯出了問題，「善有善報，惡有惡報」不靈了。聰明的人想出一個解決的辦法，在「善有善報，惡有惡報」下面加了一句——「善惡未報，時候不到」。

民間有他的聰明智慧，把太過簡單的邏輯提高放大，放大到「時間」無限的層次，因果就可能有了不同的意義。

我們的生命太短，因果的牽連糾纏，不但複雜，時間也很長。因果的相生相剋，可能短到是現世報應，就在眼前；但是，若因果的報應牽連綿延，也可能長達幾世紀、幾萬年、幾億年，如同《金剛經》裡說的「無數」、「無量」、「無邊」，如同《紅樓夢》第一回開宗明義說的「三萬六千五百零一」。作者說的顯然就是「時間」。

我們始終只能用自己有限短促的生命，去衡量無限的時間，像莊子說的：「朝菌不知晦朔，蟪蛄不知春秋。」有一種菌類，早上出生，午前死亡，這種「朝菌」無法理解「黎明」和「黃昏」，無法理解「日」和「夜」，因為它的生命太短，無法經驗「晦」、「朔」。同樣的，「蟪蛄」是夏天的蟬，它只在夏天存活，因此也無法理解「春」與「秋」。

莊子當然是在提醒人類，有比人類更長的時間。人類也像「朝菌」，也像「蟪蛄」，一樣無法理解比我們生命更長的時間，也無法理解渺遠無限時間裡複雜的因和果。

所以不必猶疑徬徨，「善惡未報，時候未到」。時候到了，我們也不在了，還是看不到因果。

人類個體的生命很短，不會超過一、兩百年，用來理解浩瀚的「宇」（上下四方）和無限的「宙」（古往今來），個體的生命都不夠用。

但是，人類的記憶可以使生命積累延長，個體雖有限，群體的生命則如「綿綿瓜瓞」，一代一代，基因傳承，生生滅滅，也成為一種無限。可以連起來，丈量宇宙，也用來測探個體生命探詢不到的因果。

也許，因果並不是善惡的關係。至少，觀察因果，首先必要跳開善惡或是非。從原始意義來說，因是原因，果是結果，因是種子，果是果實。原因和結果的關係無善惡，也無是非。

我有時用這樣的方法看《紅樓夢》，比較了解原作者的寬容，他看待如同微塵眾生的每一個人物，都只是看因果，而不觸碰善惡是非。

有善惡是非，就有褒貶，創作者心中有褒貶，人物就很難從全面觀照，很難立體。寫一個人物多麼偉大或多麼壞，偉大成為誇張，壞也成為誇張，創作者的褒或貶對作品就一無好處，只會限制了對「因」、「果」的冷靜觀察。

《紅樓夢》講一塊石頭與一株草的因果，因果沒有是非，因此一世一世，石頭變成賈寶玉，草變成林黛玉，他們有他們自己牽連糾葛的因果。

如果只看賈寶玉和林黛玉的現世因果，有許多不容易理解的事。林黛玉任性、好吃醋，常常沒有理由就發脾氣。即使今天，交一個這樣個性的女朋友，許多人大概也會吃不消，覺得還是趕快分手的好。

林黛玉是那一株草，幾世幾劫以前，這株草被照顧過，被石頭細心澆灌過水，因此也才長得茂盛。林黛玉的身體裡，記憶著這幾世幾劫以前的故事嗎？

我們的身體，究竟有多少世的「記憶」？不是大腦思維的記憶，而是深藏在我們身體內在的基因裡不可知的「記憶」。

像第一次賈寶玉見到林黛玉，他說：「這個妹妹我曾見過的。」大家都覺得這個少年胡說，在現世中他們從沒有見過面。林黛玉沒有說，但她心裡也納悶，覺得這個少年怎麼好像見過。

或許，我們大腦的思維阻擋著身體更深的記憶出現。佛家說的「宿慧」，是累積了好幾世的記憶。跟一個人有熟悉的感覺，跟一個地方有熟悉的感覺，跟一個物件有熟悉的感覺，一首歌，一首詩，一張畫，一種體溫的記憶，一種氣味的記憶……，許許多多被今天理知世界排斥的「記憶」，會不會像賈寶玉和林黛玉，第一次在人世相見，身體裡做為石頭和草的幾世幾劫以前的記憶忽然甦醒了起來？

或許，此生我們都應該在身體裡尋找一次這樣的記憶。在基因、幹細胞被大量研究的今天，我們有可能突破理知的障礙，在自己身體裡打開一層一層、不同時間空間的記憶嗎？

那時候林黛玉大概還不到十歲吧，賈母疼她，要她就睡在自己臥房的「碧紗櫥」，要把寶玉挪出去。寶玉不肯，兩個小孩就睡在一起。一起睡，一起吃，一起玩樂，兩個人的身體如此靠近，彷彿在基因裡尋找久遠以前石頭與草的回憶。

等到寶釵來了，黛玉就覺得自己的愛被分佔了。第八回裡林黛玉有許多醋意，冷嘲熱諷，她撒賴、撒嬌，「使小性子」，她彷彿不斷要證明她與石頭有不可取代的親密，任何人都不能阻隔在中間。

林黛玉冰雪聰明，聰明讓她在現世有小小的愛恨忌妒。然而她也有「宿慧」，宿慧使她從身體裡帶著前世要「還淚」的基因。她是要來還眼淚的，眼淚還完，她就要走了。

《紅樓夢》交錯著現世的愛恨和久遠劫來身體裡長久積累的宿世的愛恨，那才是真正的因果吧。的確與善惡無關，也沒有是非可言。糾纏在現世是非中，很難開啟自己清明無礙的宿慧，也因此常常看不清因果。

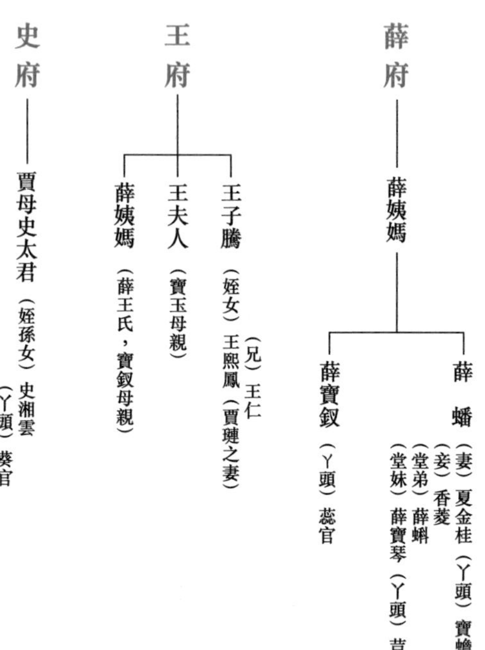

薛府
薛姨媽
薛蟠
（妻）夏金桂（丫頭）寶蟾
（妾）香菱
（堂弟）薛蝌
（堂妹）薛寶琴（丫頭）荳官
薛寶釵
（丫頭）蕊官
王府
王子騰
（姪女）王熙鳳（賈璉之妻）
（兄）王仁
王夫人
（寶玉母親）
薛姨媽
（薛王氏，寶釵母親）
史府
賈母史太君
（姪孫女）史湘雲
（丫頭）葵官
（丫頭）鴛鴦、文官、傻大姐

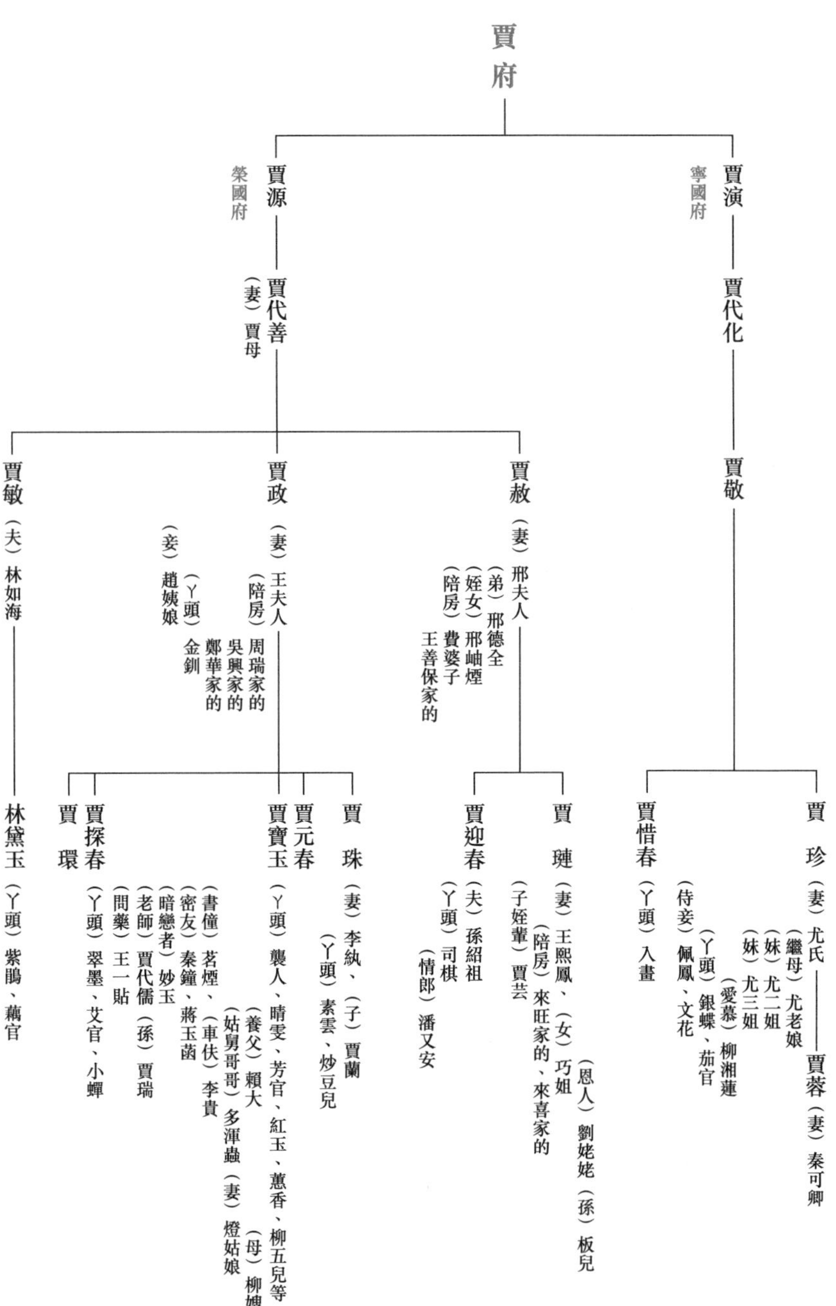
賈府
榮國府
賈源
（妻）賈母
賈代善
賈敏
（夫）林如海
林黛玉
（丫頭）紫鵑、藕官
賈政
（妻）王夫人
（陪房）周瑞家的
吳興家的
鄭華家的
（妾）趙姨娘
（丫頭）金釧
賈環
賈探春
（丫頭）翠墨、艾官、小蟬
賈寶玉
（丫頭）襲人、晴雯、芳官、紅玉、蕙香、柳五兒等
（養父）賴大
（姑舅哥哥）多渾蟲（妻）燈姑娘
（母）柳嫂子
（書僮）茗煙、（車伕）李貴
（密友）秦鐘、蔣玉菡
（暗戀者）妙玉
（老師）賈代儒（孫）賈瑞
（問藥）王一貼
賈元春
賈珠
（妻）李紈、（子）賈蘭
（丫頭）素雲、炒豆兒
賈赦
（妻）邢夫人
（弟）邢德全
（姪女）邢岫煙
（陪房）費婆子
王善保家的
賈迎春
（夫）孫紹祖
（丫頭）司棋
（情郎）潘又安
賈璉
（妻）王熙鳳、（女）巧姐
（陪房）來旺家的、來喜家的
（恩人）劉姥姥（孫）板兒
（子姪輩）賈芸
寧國府
賈演
賈代化
賈敬
賈惜春
（丫頭）入畫
賈珍
（妻）尤氏
（繼母）尤老娘
（妹）尤二姐
（妹）尤三姐
（愛慕）柳湘蓮
（侍妾）佩鳳、文花
（丫頭）銀蝶、茄官
賈蓉
（妻）秦可卿

國家圖書館出版品預行編目資料

微塵眾：紅樓夢小人物 IV／蔣勳作. --初版. --臺北市：遠流, 2015.05
面； 公分. --（綠蠹魚叢書；YLK84）
ISBN 978-957-32-7629-6（平裝）
1.紅學 2.人物志 3.研究考訂
857.49 103009704

綠蠹魚叢書 YLK84
夢紅樓系列
微塵眾 紅樓夢小人物 IV

作者 蔣勳
出版四部總編輯暨總監 曾文娟
資深主編 鄭祥琳
企劃 王紀友
美術設計 林秦華
圖片出處 中華書局石印本《石頭記新評》頁24、102
民國本《增評加注全圖紅樓夢》頁30、36、78、114、134、140
清光緒本《增評補圖石頭記》頁42、84、108、128、152
清光緒本《增評補像全圖金玉緣》頁48、54、122、146
清光緒本《增刻紅樓夢圖詠》頁60、72、96、158、164、194、206
民國本《紅樓夢寫真》頁66
民國本《全圖增評金玉緣》頁90、176、188
清光緒本《紅樓夢圖詠》頁170、182、200

發行人 王榮文
出版發行 遠流出版事業股份有限公司
地址 104005 台北市中山北路一段11號13樓
電話／傳真 (02)2571-0297／(02)2571-0197
郵撥 0189456-1

著作權顧問 蕭雄淋律師
2015年 5 月 1 日 初版一刷
2023年 7 月16日 初版六刷
定價：新台幣300元（缺頁或破損的書・請寄回更換）

ISBN 978-957-32-7629-6
ylib 遠流博識網
http://www.ylib.com E-mail: ylib@ylib.com